küçük iskender

Weisheit der Sinne
Notizen für Rimbaud

Gedichte und Essays

Aus dem Türkischen und Nachwort:

Beatrix Caner

Literaturca Verlag

Literaturca Verlag

Umschlagsbild:
József Sinka©: Törés

küçük iskender: Weisheit der Sinne. Notizen für Rimbaud.
Gedichte und Essays - Originalausgabe 2011

Frankfurt am Main
www.literaturca.de
EAN 9783935535250

INHALTSVERZEICHNIS

ESSAYS

Aus dem Band »Notizen für Rimbaud«

Aus dem Band »Medusas Schere«:

Kein Geld hatte ich, um Papier zu kaufen,
schrieb die dunklen Zeilen in meine Hand.

Kein Geld hatte ich, um einen Umschlag zu kaufen,
drückte meine Faust zusammen.
Ich schnitt und riss meine Hand vom Handgelenk
und schicke dir diesen Abschiedsbrief!

DEIN NAME IST ISKENDER

Dein Name ist iskender, sagten sie und ich glaubte,
sie sagten Kerker … ein unnötig nötiges Trauma.
Nun hast du, was du immer schon besitzen wolltest:
Gerümpel und einen Totenkopf.

Schlag ein, Gott, schlag ein! Ohne Trost zu verschwenden,
der sich dann im Ladenregal wieder findet - wie seltsam!
Seltsam soll die egoistische Verteidigung sein,
bei deiner ersten Selbsterfahrung!

In Wirklichkeit war ich Wort
doch nicht mal als Laut wurde ich wahrgenommen.

JEDE FRUCHT IST EINE WUNDE

Es muss eine Frage der Geisteshaltung sein,
die Geduld, die zu beschreiben mir schwer fällt.
Bin ich in meiner Kruste eine Frucht, eine Wunde
oder die Einschüchterung der Ungewissheit?

Im riesigen Gedächtnis zähle ich als Sklave meines Intellekts
und auch wenn ich total im Arsch bin, meine innersten
Krebsgeschwüre mich verbrennen und zerstören, glaub' nicht,
dass ich in Gottes Enzyklopädie
ein Wort mit nur einer Bedeutung bin.
Ich bin ein Wanderer der Zeit, verschweige meinen Namen,
und wenn ich mit so manchen Lieben demütige die Zeit
und diese Lieben wie ein kleinkarierter iskender sind,
um es so zu sagen,
ich eine Gräueltat, eine Sorge, ein Verhängnis
im vertrackten Unheil bin,
heißt es, ich sammele Unwissenheit, die sich nicht überschlägt,
in den Straßen dieser Stadt, die sich
mit einer alten, erbärmlichen Vergangenheit besänftigt!

THEOREM ÜBER DEN IRRTUM IN BEZUG AUF MICH

Im Konsulat der mich weiß darlegenden Tiere
ist der Flur der alten Bilder, die mich zum Lachen bringen, nackt
und voller Z's: Wenn Z einer Logik folgt,
dann ist das Alphabet zu Ende: Dort gebären
Frauen neuer Sprachen die Stille.
"Wenn sich der Penis der Philosophie erigierte,
würde jedes Lebewesen
einen Vorspann haben" samt der Tragödie der dominanten Gene.
Liebe verwandelte sich in Worte, Liebe kleidete sich in Worte
und sagte: ich bin das Wort.
Dieses Wort verletzte mich sehr.
Meine erstandene Gefahr, die von mir gehütete wirkliche Krümmung
steckte das Auge der Freiheit aus
und an dessen Stelle setzte sie das Bewusstsein. Sonst
wäre die Welt sowieso nicht existent.

Dieser Planet, eine Illusion, entrückt, ein unheimlicher Mythos ...
hätte er sonst mit der Realität auch nur im Entferntesten zu tun?

Dann würde man heute auf allen Friedhöfen nur über iskender reden.

SIE

Auf der Umlaufbahn einer gewöhnlichen Farbblindheit
bewegen sich an den ungeheuer bösen Sommerabenden der
neu erbauten Inselverkehrsschiffe, des blutig Werdens, sich Schämens
und sich Langweilens nie überdrüssig werdend, in schändlichen Lieben,
ein paar Männer, ein paar Frauen - ein paar Dinge eben.
Manche haben allein zurückgelassenen Rauch als Vorschuss
und manche ein so schlecht eingestelltes Leben, dass,
wenn sie davon erzählten,
das Universum zusammenbrechen würde.
Manche hatten sich bei der Folterung mit dem Wasserfall
ihres schäumenden Blutes angefreundet und manche
sind im Wasserfall des schäumenden Blutes nicht eines,
sondern tausender Liebhaber Fluch.

Sie ziehen nie in die Stadt, denn all ihre Pferde lahmen,
die Hülse ihrer Zigaretten ist Zeitungspapier,
wenn die Polizei sie nach dem Ausweis fragt, zeigen sie ihre Augen.
Der Akzent ihrer Augen ist defekt, ihre Blicke sind unbedacht,
sie rüsten sich mit unsäglicher Magie,
ein paar Männer, ein paar Frauen - ein paar Dinge eben.
Mal trinken sie und lesen mich, mal lieben sie edip, mal nazim
mal trinken sie und beschimpfen alle Dichter dieser Welt.
Sie haben sich in den Spiegeln ihrer Sprache so isoliert,
dass wenn sie sich ärgern, sie kein Wort mehr kennen, nur sich selbst.
Sie haben die Eigenart, Gutem böse und Bösem gut zu begegnen.
Provoziert sie nicht, denn wenn sie erzählten, würden Delfine sterben
und der Sinn wäre ganz am Ende.

MERIDIANE MEINER WELT

a) *bin einundzwanzig Jahre*

bin einundzwanzig Jahre
und wenn sich meine Augenlider
einmal pro zehn Sekunden schlossen
und ich acht Stunden am Tag schlief
habe ich sie vier Millionen
vierhundertneunzehntausend
und fünfhundertsechsundsiebzig
mal geschlossen
vor Menschen
            und vor Wahrheiten …
und noch einmal so oft
trug ich in meiner Brust
die Unfähigkeit, die Welt zu sehen
wie eine schlitzohrige Sünde
bis zur nächsten Schleife!
und der Regen hielt sich systemelang
mit der Grazie einer betrunkenen Sinfonie
für Blinde
in den Rollstuhlfenstern der Häuser
sind wir
Hurenkinder!
nicht einmal so ehrenhaft
wie unsere Mütter!
alles in allem
sind wir nicht mehr
als drei vier Leute
unter dem Sesamhimmel,
die blaue Zelte aufzuschlagen in der Lage sind!
wie viele
die auf den Haifischfeldern
mit der Sichel fuchteln
haben den Namen *Ehrenburg* schon gehört

während ich dem *Fall von Paris*
vom feinen *Schaum der Tage* anbot;
und sagt diesem *Nietzsche* genannten
        parasympatischen Bastard,
ich hatte für ihn einige Tränen *in memoriam*,
die so viel wert waren wie blutige Binden,
zum pensionierten, konvertierten Goldenen Horn getragen!
nach meiner Rechnung werde ich noch hundert Jahre leben
und während ich unzählige Streitereien habe,
laufe ich bis zu den auf chilenisch dröhnenden Bergen
wenn mein Stift zu schreiben aufhört oder tobt
und meine schizophrene Kindlichkeit
eine Fackel mit Röteln in meiner Hand …

ich hatte einem Jungen, der sich in meiner Faust mehrte,
- seine Haut war mein Schüler -
von seiner Schönheit erzählt, ausführlich,
        in aller Länge!
freche Mädchen spielten Terroristenlotsen
als ob Unterdrückung etwas fühlen könnte,
wirrend im Häkelorkan, im Gespür gieriger Köter;
und im Speichel tollwütiger Demokraten
wurde eine aggressive Geschichtsschreibung gehext
ich hatte jenes Gedicht geschrieben auf eure Stirne
mit rotem Kugelschreiber …
hatte alle eure nackten Beweggründe erforscht
und hatte eure Körper mit Rhythmen und Sirup bemalt!
in einer Straße, die ihre kurzen Hosen nicht ausgezogen hatte,
vertrieb ich Piks, Asse und die Dunkelheit aus ihren Armen,
Lachen, das wie eine Melone zu Boden fiel und platzte
und nach ihr alle Glückwunschkarten
meiner grundsätzlich geleugneten Prinzeneigenschaften …

welch eine erstaunliche Sache das ist, mein Freund,
dass der Kapitalismus nicht weiß, was Pokern ist!

b) *Mythos*

im Schritt des Tigris' und des Euphrats
in einem Dorf
erzählt man sich,
dass ein junger Mann
- er hatte einen Schneeblick -
sich auszog
und seine epileptische
Schahmeran Flöte mitnahm,
dann der einzigen bekannten Adresse auf der Welt,
den Bäumen und seinen, diesen gleichenden Artgenossen,
ein Lied vorspielte, und er ließ sie zusammenkommen!
die Polizei heftete sich auf seine Fersen:
- damit er sich auf der Wache aus dem Fenster stürze ...
der Imam heftete sich auf seine Fersen:
- weil Dämonen sich in seine Liebe mischten ...
Tage später trieb man den Unglücklichen
in einem Tal in die Enge
die Natur war seine Schlafdecke
in seinem Blick ein Licht führendes Pferd
- ist das der Perserräuber? fragte ein Naivmann
- hängen wir ihn, befahl Benito
das Seil über den Ast geworfen, wuchs der Junge zum Seil hinauf
und als ihm die Schlinge den Hals zudrückte
schrie der Junge, der sich wie Wasserwirbel
im Schritt des Tigris' und Euphrats drehte
in einem Dorf
erzählt man sich,
dass in jenem Augenblick
aus dem Mund des Jungen
eine riesige Grotte entquoll
und so erhob sich zum Himmel
der Berg Ararat!

c) *der Mann auf dem Dach*

der Mann auf dem Dach
ein wenig müde, ein wenig nass …
ein Käfer wie eine Perle, ein Nadelkissen der Stadt
ist gerade dabei, verrückt zu werden …
er läuft auf dem Radius der Landschaft.
Totems, die ihre Verwesung sichtbar machen;
eingesperrt in lila Vergasungszimmer
ein paar mythologische Tragödien
und im letzten Akt
trügerische Flüche …

bei den Maierdbeben
definiert der kalkulierte Boden Jesus neu,
vernichtet ihn, sagen seine Kinder Maria.
sieben auf einen Schlag, zu Berge aufgehäuft, bleiern,
ihr Hirn gewaschen, barfuß ihre Hölle!

der Mann auf dem Dach öffnet den Mund der Stadt
und "seelische Qualen" erleidet
die Bürokratie im "ohne Krawatte" Modus
der Staatsanwalt verspricht: es gibt kein Entkommen
zumindest für sechs verheißt der Anwalt
eine Rettung und
die Anhänger rebellieren voller Absicht
und das Noruz verläuft in Panik
ein Teil des Puzzlezeitalters fehlt
es ging irgendwann verloren zusammen
mit dem "der in meinem Gesicht untergehenden Titanic" …

die enthäuteten Schädel
bilden die Sprengladung
in schlammigen Luftröhren während
wir uns ein kopfloses Rennen liefern
durch die Zeilen des mystischen Flötenspielers
des ach so elementar wichtigen Sonettenzeitalters,
die Frische pädophiler Qual ist der Verdorrten Büstenhalter,

ein Kontinent voll Entsetzen, leichtes Dunkel der Charaktere!
zünde ein Streichholz an und komm in meine Nähe
das wird mein letztes Duell
ich habe mein Magazin leer geschossen!

wer bist du in meinem teerigen und
asphaltierten Ich, Feuer Schöpfende Opera?
ich bin gegen Lügen mit zwei Unbekannten versichert
der Albtraum mit dem entsetzlichen Tal ist mein Mandant!
der junge mann war besorgt; er lehnte sich an die
wand mit dem spinnenschambein, suchte nur einen
versteckten schatten in dem karton mit dem zerwühlten bett ...
dann ließ er seinen berechneten, verblassten körper
wie einen graziös erleuchteten mond, ohne kalk von der wand zu reiben,
nach unten gleiten und kauerte auf dem boden; nahm seinen
kopf in die hände und blieb so, fügte kein wort hinzu.

die notwendigen Maßnahmen werden ergriffen ...
Sie stehen vor Gottes Angesicht,
runter auf den Boden!

er glitt nach unten und kauerte auf dem boden;
nahm seinen kopf in die hän ...

der Mann auf dem Dach wirft rötliches
Apokalypsenkonfetti herunter; hört ihr,
der Teufel wird euch an den Haaren schleifen und gehen
werdet ihr schweigen?

fügte kein wort hi ...

ach, um meinem Hals eine Schlinge, fühlt sich an wie Seide,
ich habe keine Angst, Geliebter, keine Angst zu sterben!
habe ich alles
verloren?
oder
ändern sich die Sitten
in den Edikten der Götzen

zu einem einzigen Geschlecht,
Schritt für Schritt?!

Ach, Kind!
deinen Namen
            deinen Namen
                        deinen Namen hatte ich im Traum gerufen …
ich hatte dich gepflückt
                        statt Baumwolle, aus so viel Demütigung
komm eines nachts unerwartet und kotz'
                        in meine leidenden Hyänenpfotenhände …
der Mann auf dem Dach
halb weiß, halb dunkelhäutig
glühender Käfer, ruft unheilvolle Befehle
zur Hälfte gute Sünde, zur Hälfte böse Wohltat …

Glaube oder so etwas,
was mich in Streit verwickelt,
mit einem Faustschlag stürze ich den Staat,
sein blutiges Gebein bohrt sich in mein Gesicht …

hinter Stacheldraht aus Gebeinen
starren mich Milliarden Weisheitsaugen an,
ich wälze mich in ungestümer Sehnsucht
                        im Nelkengesindel,
mein Ruf steht fest: Lumpentornado …

bei allen Gattungen herrscht Freiheit
in meinem frühjahrstherapierten ausgeglichenen Glück
umschwirren uns laut kreischend
stählern peinigende Rabenschare
des unersättlichen Krieges!

habe ich alles
verloren?
oder
ändern sich die Sitten
in den Edikten der Götzen

zu einem einzigen Geschlecht
Schritt für Schritt!

ach, Kind!
deinen Namen
            deinen Namen
                        deinen Namen hatte ich im Traum gerufen ...

wenn er alles verloren hat,
vergräbt der Mensch sein Gesicht
im Hintergarten seiner Seele und
die Flüsse ändern ihre Richtung
auf dem Atlas unserer gläsernen Körper;
nach unten ... seine Hände ...

die notwendigen Maßnahmen werden ergriffen ...
Sie stehen vor Gottes Angesicht,
runter auf den Boden!

d) *meine Liebe ist ein exzellentes Blutbad*

ich hatte die Handschuhe einer schicken Gräueltat angezogen
(in den Judasbaumpassagen kicherte Dunkelblau)
an meine Beine schmiegte sich *ti esti to kalon?**
(man nannte ihn Schlampe, er war ein Junge wie ein Fasan)
ich hatte mich rasiert und meine Wimpern gefeilt,
weinte mutig in einem jüdischen Spiegel
machte deinen Körper mir zum Vorwort
aus der Materie, die Zungen der Erschossenen streckten sich
und klopften an mein Fenster, mein Talisman krümmte sich;
wenn ich das Gekünstelte in Ketten legte
an jedem gefühllosen, tauben Abend,
rechts von mir eine russisch fluchende Wodkaflasche,
links ein Papagei der Sorte Bakunin!
die Polizei verhaftet sogar die Betten, die mich versteckten
zum Glück wissen Kopfkissen

* Was ist Schönheit?

und Bettlaken nicht, was Verrat ist
einen afrodisierenden Marsch zweiter Klasse
geigte ich vor, das Universum platzte
und aus dem riesigen Loch entströmte der Mob
mit seinen Gespensterberichten: die wir kannten
ihre Farben und ihre Pinseln: damit wir schrieben,
ihre Waffen: die wir abdrückten
und die auf die Straßen prallten …

wenn Gott diesen Roman des Mordens selbst geschrieben hat
dann sollen in Reih und Glied gestellte Tote sein Gedicht rezitieren
ich hatte grünköpfigen Enten die Trennung beigebracht
und diese Vögel mögen über Berge Lähmung
bringen
und im Fliegen Deine wilden Lippen berühren!
hast du gehört:
meine Liebe ist der beste Massenmord
sein Besitzer aber
wird bei unerträglicher Unbesonnenheit verrückt
ohne Geschlecht, ein Abenteuerer, aber auf Ehre bedacht
mit reinen Händen, ein erleuchteter, grober Mann

e) *das Messer*

durch das offen gelassene Fenster
fiel ein Messer herein … an das Fußende meines Bettes!
auf der Straße wurde mein Gastmonster geschoren,
ein Mädchen lag mitten auf dem Platz
wie eine rote Schleife, ach, la Luna!
der Finger meines Soldatenkameraden
Azrail war mit im Spiel
ich wusste, ich wurde geschliffen
und spie Funkenstrahlen
unter den Vordächern der Stadt erschlug
eine Schwalbe
im Lila des Exils
in freier Grausamkeit das Leben,
das Mädchen schien sich eine Brücke zum Paradies

um den Hals gewickelt zu haben,
Mohammed ließ seine Haare durch sie durch,
hielt das reife Ziegelrot des Horizonts,
in der nackten Sprache war ich Latein: man verstand mich nicht!

man nahm mich mit
deckte mich mit frommem Eifer zu
wenn ich fröre, könnte ich in meiner Mutter Leib zurück
mein Vater bereitete mir den Reisepass vor
und inzwischen war mein Reden mit Katzen ein Delikt,
vor den Spiegeln wechselte ich zu meinem Nagelbild
meine Existenz war ein Geschenk für die türkische Existenz
während die Tatkraft des Stolzes in Verschwörungen schwoll
passierte ich die Darstellung zerstückelter Schuhputzer Urnen
                    schaute durch die Fenster
der von Hagel zerschlagenen Garten
                    aller Puffs,
                    legte mich
in die leergeräumten Betten der Nutten
passierte die Darstellung unordentlicher Bretter
                              von Simitverkäufer
                              und auf dem Boden zerstreuter
                              Abonnements
kostete den Wein der Nonnen
                              erotisch und voller Tristesse
in meinen Armen zerdrückt wurden alle Sechzehnjährigen, alle!
und sie spiegelten die Rolle meines Symbols
                              und gaben sie der Justiz!
in Filmen ohne Untertitel spielend
                    wollte ich lachen wie ein Nebenspieler und
Dich töten Dich töten Dich töten

ich streckte mich und pflückte eine Rose, steckte sie dir ins Haar
aber keine Entschuldigung, kein Verzeihen, keine Lüge,
so ergriff ich das Messer
                    und rannte aus dem Zimmer in jener Nacht!

das junge Mädchen verweste ohne auf mich zu warten
war aufgestanden aus der nächtlichen Trauer
und lief auf ihre Norm zu
ich folgte ihr eilig nach, glaubt mir,
eilig folgte ich ihr!
eilig folgte ich ihr!
voreilig hatte das Gericht sein Urteil längst gefällt
hängen wollte man mich in den Wind, trächtig
wie die sich im Wind schwelgende Anmut,
die mein Herz aus dem Gleichtakt reißt
so ergriff ich das Messer
und rannte aus dem Zimmer in jener Nacht!

in jener Nacht
begriff ich draußen
wie wunderbar
die Menschen waren
und
die an meine Stirn
gehaltene
ungeduldige
faschistische
Waffe
sehend
zu lachen
bis der legitimierte Killer
abdrückt!
und
schreien können
ohne etwas zu sagen
allein mit meiner Mimik und
den Kindern
als würde ich dieses Gedicht neu beginnen,
verstanden werden!
in Liebe!

f) *grotesk*

in der Stimme verbleibend ungeschliffen und inhaltslos
wickele ich dein Gesicht um die Nacht
passiere durch Tode gehend den Bildausschnitt
in einem Traum ermordet wird der Mensch sichtbar

das sind die Lieder eines geschichtslosen Menschen
zwischen vergessenen Erinnerungen zerquetscht
im Reden zahlreich wirkend, einsam und ohne Eigentümer,
weinend, Weihnachtsbäume Hand in Hand.
wer sehnt sich schon so wahrhaftig wie ich
nach den in Schachteln gefangenen Käfern

Schmerz versteckt sich im Laut des zerrissenen Papiers

Bitte

manche Lieben beginnen in *Großbuchstaben*
und manche Tode hingegen sind ein Plagiat!

g) *Halt-est-ellen-weise*

an der Haltestelle ließ ich das Skelett der Begonie umsteigen
inständig bittend kaufte ich ihr Ticket
und an ihren Kragen steckte ich die Evolution
es war im Monat Revolution, am Tag
        der verstimmten Replik Donnerstag
als der unbefleckte Bursche seine letzte Zuflucht suchte
        weiß seine Stirn und rosa sein Gebet;
der Ritter vor Schluchzern galoppierend
marschierte meine Schweigsamkeit und die Zivilpolizei
auf dem pathologisch angenagten *"einzigen Weg"*
wirkte in seinen Ketten und Foltern das Schicksal!

wie viele Schritte
misst dieses Land
allein,

wie viele Schritte, frage ich,
ist Hoffnung
und wie viele Schritte
der Erfolg?
Sag es!
wie viele Schritte
erschossen werden und umfallen ...
ich lief
hinter dem Militärband
im Moment, als Säure sich fast unbemerkt
mit der Base mischte
kehrte ich um! kehrte um zu euch!
und sah,
dass sogar im Sterben
eure geheiligte Gerechtigkeit ein mutierter, sich einnistender Tumor ist
ein Verschulden säuberte und löschte ihre Spur auf meiner Stirn
auf meiner einen Seite ein unbehaartes Frühlingskind
und auf der anderen eine ins Ziel gelangte Macht ...
"du musst hier bleiben
und sie erziehen", sagten sie mir;
- trennen wir uns sonst?
"verzeih mir,
du musst ihnen Inspiration geben ..."
die Wirklichkeit warf ihren Schleier in die Ecke
und ich verstand zum ersten Mal, dass der Himmel weinte,
seine geröteten Augen, seine roten Adern
        sind Tagebuch meines Waisenglücks;
an der Haltestelle sind die Knospen fünfblättrig und
manche vermehren sich beim Berühren
        wie die Pflückenden, frei!

im Zauber des Helden erblickte ich das Begehren des Drachen
an welchem Tag du willst/
kannst du in meinen Briefen kleinwerden und
in meinem Herzen Großwerden,
ich warte nicht!
        die Hoffnung kann zwar keinen Rost gebären und
ich sehne mich nicht

weder von links nach links noch von oben nach oben
in diesem abgebrühten, guillotinenscharfen Quiz!
als die Seepferdchen das trojanische Pferd zum
Ehrenbürger wählten
war ich/in meiner Konserve/
schlug diesem Traum die zweiunddreißig Zähne aus,
ich - wenn man an die Grabsteine nagelt
der Propheten genötigten Selbstmord
und den Weibern die weiße Liebe zu Gift macht
im Monat der Vergewaltigung, am Tag
der Veranlagung, ein Donnerstag
- beschwere mich nicht!
mag die Hoffnung meiner Absicht auch zu viel werden,
bist du meine Erotik, mein Dolch, meine Gesamtheit
und mag es auch heimtückisch wirken,
wurde mein Müßiggang durch Dich gerahmt, gefliedert
die Traurigkeit, das Gerede von Brutus' Messerstich,
dass Rom brennt dritten Grades
Gott züchtet Haut in der Notaufnahme
Charaktere mit kaputtem Auspuff werden abgeladen
und ich steige mittlerweile in den Ring, nach dem Vergraben
meines Handtuchs,
welcher Faustschlag auch hart sei,
weich schlägt er mein Anliegen zu Boden,
ohne Warten!
das geschmolzene Gold erstarrt zu Fäden
im Gitter der Winde
in deinen Augen liegt haltloser Verrat
der Teufel entsprießt
deinen roten Lippen im Ehrenozean!
es ist wie das Geschrei der Plünderung
seine Entkleidung vor den Göttern,
eine Schachtel in diamantenen Fäusten sinfonischen Wohlgeschmacks

du bist die Rache meiner Erotik, du, Schönes Kind,
dieses Gedicht hat allein um Deinetwillen
ein Dichter erdichtet!

VERWUNDETE LIEBENDE ASIENS

das Leben, wenn es so unvollkommen,
verzeih es mir, Geliebter, ich habe dich so sehr geliebt

wie ein Dämon, der vom Tode auferstanden,
einen schwarzen Mantel über sein Grab legt,
erscheine ich vor dir auf Tröstung hoffend,
die eine Hand Margerite, die andere Jasmin
beschnuppere trotzdem nur meinen Körper

wenn ich rastlos und herb rieche, habe ich keine Zeit
für Hoffnung verheißende moderne Stoßgebete,
am Morgen badete ich in der Nacht, deinetwillen,
Schwermut und die vollstreckte Naht der Liebe fielen von mir
abgewehrt die Kastrierung meiner Seele mit deinem Gesicht
das Leben, wenn es so unvollkommen
mein Leben, meine Blicke, eine banale Handhabe unter dem Einfluss
von Wein, ein stumpfes Bajonett auf meine Liebe folgend
verletzt bin ich, entschlossen verletzt,
deshalb das Weinen der Götter an der Brust der Engel
deshalb das Verwelken des Leids anstelle der Sehnsucht

ich bin eine Muschel, versiegelt vor Angst,
getrübt meine Perle,
das Leben, wenn es so unvollkommen,
verzeih mir Geliebter,
mögen sie glücklich werden und es leide die Welt.

STURM DER HERRENLOSEN TRÄUME

I.
der Aufzug hochtönender Ungeziefer verlangt nach Papieren
in der Sommerhitze flimmert der Ausweisverdruss
zu vieler Räuber zu vieler Sprachen über der Steppe
der Halbpass eines ungeschickten Anarchisten in
entlegenen Winkeln eines Parks
so manch ein Engel kennt die Bedeutung des Amen nicht
und manchmal ist alles nur ein Geheimnis,
Sehnsucht einer wilden Pflaume nach einem gewöhnlichen Artgenossen

II.
Abends trinkt er nichts als zwei Gläser Adrenalin
im Blutgerinnsel eines verlassenen Doms
die letzte Psychoanalysesitzung ergab,
dass er eine blutlose Ader ist
zwischen inneren Organen und der Atmosphäre;
er kennt so manchen betrunkenen Schmetterling,
der starb … unnütz, ohne das Geheimnis
seiner Briefe zu kennen …

III.
Zwischen wie vielen vom Wind aufgewirbelten Blättern
wie vieler heiliger Bücher, Er

in jedem geschriebenen Text genannt
dennoch verdrängt und vergessen, trocknet

seine Augen: der Freitodbrief Azrails

DES BÖSEN TRANSPLANTATION

wir sind wie enthemmte Felsen, ihre Milch ist versiegt
auf dem buntesten Platz der Stadt steil
Leichen, deren Seelen flanieren
und sich die Schatten der Formen überziehen
schlampig, die uns getreuen Niederlagen

Der Gefangene hinterließ eine Notiz und tötete sich:
"Lieben, denen Herzensdinge fehlen"

unsere Organe, einer Gewaltherrschaft verdächtig
und wir haben in jener Nacht leise die Wohnung leergeräumt

PHILOSOPHEN SPIELEN SAXOPHON

Der transsexuelle physikalische Knitter
in meinem Kopf: in den digitalen Geistern
der Gefängniswärter der Stadt, Katapulte,
zu Feuerkugeln mutierte bittere Zeugen
und in den braungrauen rebellischen Augen
verrückt gewordener Pumas ein Mensch,
alleiniger Chorsträfling.

Kann diese singuläre Aggression zu Geschichte werden?

Das Tal in den Poren erwacht (Explosion),
Punks belagern die Alleen der Stadt
der Pianobrand in dem Porträt
sabotiert die Eisernheit der Nacht.
Erinnert dich das an mich?
Oder an ein Mädchen vom Land
　　　　in dem ein Stück Blues vergessen wurde?

Es gibt auch Lieder in schwarz
präzise halbe Liebesakte wie Orthodoxe und
die Frau im Haus gegenüber macht Bilder von mir.

Die Heroinsüchtigen unten
versuchen mit einem Passepartout
die Leere zu öffnen.

Freiheit ist ein glasiger Glanz in den Augen.

BLONDES INDIVIDUUM

mit den Gebaren eines Blitzes schlugst du
über dem Norden der Stadt ein.
ich stand dir zur Verfügung, war mit meinen Makeln schön.
vier riesige Kamele ließ ich die vier Bücher tragen,
kapitulierte vor der Grausamkeit, verschloss die Augen vor der Arroganz.
ich sagte *früher* und widmete mich der Vergangenheit.

jetzt haben wir die Jahreszeit Juli
vier auf den Juli fallende Wochen lang sind wir glücklich
wir vier: du, ich, die Liebe und Gott.
Kamele bäumen sich auf, der Mond bäumt sich auf,
der Himmel bäumt sich auf,
die Hufe des Himmels sind blond
ich war ein Säugling
und flüsterte schon deinen Namen vor *Mutter* und *Vater*
ich sprach deinen Namen aus und befasste mich mit seiner Substanz

mögen die Jahrhunderte meine Sünden vergeben
du warst mein Flächenmaß, dich hielt ich für meinen Inhalt

jetzt haben wir die Jahreszeit Juli
wir trennten uns, und alle sind froh, nur wir sind unglücklich

Gewalt, sagte ich, ist schicklich, sagte ich
blond stotterte ich mit dem Blonden
und wurde als letzter Wunsch
eines hinzurichtenden Propheten erinnert

HABT KEINE ANGST, ES WIRD VERGESSEN

mit den eingesperrten Bakterien im Wasser verschönert sich
die blaueste Geschichte über den Tod
wie eine Lebensliste, geschändet von seinen Schülern,
bereitet sich der Herrscher dreist auf ein Studium vor

der sich begehrlich dem Katalysator nähernde hemmungslose Körper,
ein Plastiksarg, verloren seine Bedeutung, denn
in seinem Inneren
Formen und heilige Menschenmassen
über alles Fleischliche herrschend
inbrünstig flehen.
auf eine lange Reise hoffend bäumt sich Schnelligkeit auf,
die in exorbitanter Geschwindigkeit den Traum einholt.

PARIS

diese Karte schicke ich dir aus Paris
mitten in einer sehr türkischen Liebe
in der Höhle eines sehr türkischen Regens
während der Erosion des letzten Zuges Haschisch
        zu einer schönen Zeit
der Worte,
der mich erniedrigenden und verachtenden Worte,
als ich vor gefährlichen, bedrohlichen Tieren gerettet,
        zu mir selbst
einen Ausweg fand
diese Karte schicke ich dir aus Paris
heute hat Blau eine außergewöhnliche Stimmung
heute hat der Wind eine besondere Eleganz,
denn heute haben die Vögel Geburtstag, Geliebter!
heute habe ich mit den Vögeln sehr lange
über dich, über deine fahrigen Hände gesprochen,
heute haben wir mit den Vögeln dein Bild gemalt
        auf alle Wände der Polizeiwache
wir dachten an dich und aßen ein paar belegte Brote,
        tranken ein wenig Wasser,
wir waren wie Hurenkinder, du verstehst ...
denn heute haben die Vögel Geburtstag, Geliebter,
und ich schenkte den Vögeln deinen Namen!
unnötige Gelenkschmerzen, Krisen, sind
ein Tröpfchen Blut für meine glanzlosen Augen,
auf meiner schuppigen Haut werden die Spritzen zu Fallen
während in mein Vagabundenherz, das
stehen bleibt
        dann wieder schlägt
                dann wieder stehen bleibt,
prunkvoll, als wäre sie eine Droge,
sich heiße Elektrizität entlädt
in der Vernebelung.
frierend, hungrig,

schlage ich den Kragen meiner kurzärmeligen Jacke hoch
und frage beim Verhör die immerwährende Frage:
Warum haben wir uns getrennt?
(die Antwort ist benutzt, trägt das Risiko einer Aids-Infizierung)
wieso haben wir geschwiegen?
(die Antwort ist massenhaft zu finden in Gettomärchen)
warum wir uns gegenseitig berührend ein Verbrechen begingen.
in welchem Maße und in welchem Stil fasele ich jetzt dummes Zeug
und kann ich auf den Straßen lila tönend als ein
zum Gitarristen Konvertierter
laufen, kann ich atmen
kann ich scheißen?
ich bin an den schrecklichsten Stellen
an meinen tiefsten Geheimnissen von eiliger Hand verletzt
ein verfluchter Anarchist von dreiunddreißig
in seinem Rücken siebenundsiebzig Stiche eines Handschars.
eine Magnum, einem Polizisten aus der Hand gerissen, und ich
wir prügeln auf die Fenster der Nacht, auf die Fotzen der Nutten ein
oder
mit meinen nackten Füßen zertrete ich leere Ampullen
und während sich alles, alles rot färbt, beruhige ich mich,
über mein Gesicht, widerlichen Geiern gleich,
die einen Sterbenden belagern, schwebt
meine Seele!
diese Karte schicke ich dir,
wenn ich mich nicht irre,
aus Paris!
wie auch immer,
warum bin ich hergekommen, woher bin ich gekommen, warum
bin ich hier,
mir ist, als
wäre ich Weizen in einem Brot, das sich nach der Erde sehnt!
Geliebter, was bin ich nur für ein Schäbiger, dass
ich an die Stelle der gerissenen Saite Mi eine Träne
spanne
ja! ja!
ich renne, falle, schreie,weine

als mich
der Faschismus besiegt
und der Abstand zwischen
Jäger und Beute sich verringert
ein gescheiterter Rebell von dreiunddreißig
in seinem Arsch siebenundsiebzig Peniswunden
diese Karte schicke ich dir
höchstwahrscheinlich
aus Paris

ICH BIN STETS AUF DER ERDE

Die Sprache erhellt sich -
Dagegen schmerzt das Verb im Netz

Der Stempel trachtet nach der Macht,
Seines Verstandes beraubt
Deshalb ist das Universum leer

JAZZBLAU

wer bewegt sich in meinem Gesicht
wer ist der Kranke jener auswendig gelernten Dunkelheiten
ein Jazzblau erhellt
        das süßsaure Hotel, in dem ich mich versteckte
hier fließt das Wasser selten und nur vage
die Hand des Geliebten ist wie ein ungelesener Brief

erst beginnt eine brüchige Trompete und die blinde Liebe
        nach der gründlich blutigen Vollstreckung
in Zimmern, in denen meine Augen den Verrückten
        durch den Verrückten
        töten lassen
aber
bei jedem neuen Gedicht schreibe ich mein Schicksal
aber
in einem wichtigen Seelenplan bin ich zu sehr belagert

Melodien, in die Brust des Hotels getaucht und herausgezogen
Heulsinfonien von Männern, die der Schmerz zerstört
aber
das sind Plastikfische in goldenen Becken
aber
das ist Schweigen, das ich stets fürchtete, Jazzblau in meinen Indizien

NIETZSCHES SOHN

meine rechte Hand fehlt, das ist ein Zufall
Steine zerfallen, als wären sie Tagebücher der Gesundheit
merkwürdig meine Kindheit, merkwürdig genetisch wie Steinstreik
ich spielte mit Käfern, innerlich tu'ich es immer noch
da harrt die Revolution wie eine domestizierte Kreatur
Einsamkeit brachte mich in Rage und ich erhob mich,
als wollte ich die Liebe stürzen
als hätte ich hässliche Zeiten erlebt, ist mein Sieg ein Trauma
nun ja, meine rechte Hand fehlt, das ist ein Zufall
und wenn ich mich vermehrte, wäre meine Bosheit ein Rätsel
in diesem Moment, mein Leben ist in der Lüge bedrohlich und nötig
als hätte ich keine Hände, denn nur mein Fuß ist unabhängig

Besorgnis ist das Gehirn der Nacht
ich bin Energie, anderen Arten des Angriffs enthalte ich mich

ich habe beschlossen, dass ich krank bin, ich bin der Krankheit Illusion
ich werde nur noch während der Operation weinen

KEUSCHHEITSKLINIK

Die junge Krankheit begab sich in die Klinik und
der Kardiologe entwarf mit leichtfertigen
Worten das Bild: die EEG-Kurve in der die Legitimität
ablehnenden Simplizität - das "Och!" tauchte
im Hin und Her des Tintenstrahlers unter - ist die Hypothek
der Verzweiflung und unter dem Diktat der Diagnose
wurde der jungen Krankheit eine
beruhigende Spritze verabreicht;
die Diagnose von Ärgernissen, genährt von Leichen unzureichender
Wörter, in den Ergebungsschwüren konservativer Revolutionäre
in C-moll und ein Leben lang
zum erhöhten Blutdruck verurteilt.

Der Arzt im zersprungenen Reagenzglas
schmort im Feuer.

FLÜSSIGES GELB

Hätten wir miteinander tanzen können, würde ich das
erstmalig erblickte Baumwollfeld Pluto nennen,
das Geschenk alter Freunde
im gebrochenen Strudel eines Duman-Albums*
wieder würde ich Amsterdam stürmen
und der Name der Orange würde den Platz mit uns tauschen.

Mögest du deine Flammen im Feuer verstecken,
ein waiser Säbel unter all den Messern,
würde ich mich über das blutige plumpe Leben beugen
wie ein extrem sensibler Ebrumeister
und mein Gesicht mit furchtbarer Einsamkeit tätowieren
zum Imperium ferner Städte roter Regen.

Es ist nicht Abend geworden, nur deine Augen sind geschlossen.
Das sind nicht meine Lippen,
nur das einzig mit deiner Erlaubnis auf deiner Haut
schmelzende Gold.

* Duman ist eine türkische Rockgruppe

CHINA-RESTAURANT

‚nie werde ich erlauben, dass du mich liebst'
hast du in dein Notizbuch an meiner Tür geschrieben,
ich musste dann an meiner eigenen Tür klopfen,
wohl wissend, dass ich nicht drinnen bin!

deinen Körper erinnere ich plötzlich in diesem Winterwald
lang groß glänzend
schwarz und wild!
schwarz genug zum Zerstückeln
und wild genug zum Heilen!
als wäre Liebe wichtiger als das Leben
ein immerzu verletzter, mit jeder Verletzung aufsässigerer
Besucher!

in der Geschichte deines Körpers eingebettet unsere Einsamkeiten
nebeneinander
aus Kunststoff und unerbittlich, giftig und vermengt.
kurz, während sie einander die Liebe beizubringen versuchten
merkten sie, dass sie einer des anderen Blut trinken,
        zwei *verwirrte Verliebte*!

jene Stadtnacht, die deine Hände zu verbergen suchte,
dein Kopf an meine Schulter gelehnt, deine Augen geschlossen,
deine Haare offen
im Gehen Citroen: Neongas, das auf deine Lippen schlug
Ausgrabungsstaub auf deinen Lippen. *Wollen wir sterben* … fragtest du
schau, es ist die richtige Zeit!

Wir waren in einem China Restaurant auf einem Berg, du und ich,
ohne andere Gäste
ständig larmoyant
sehr vergnügt
reinlich …
wir waren in einem China Restaurant auf einem Berg
von schmachtenden Tieren aus einem Zeichentrickfilm umgeben
unser Reich ein Holztisch und zwei Stühle

zum Beispiel
tänzelte frisch gekochter Reis
duftend über deine Zunge
und wollte durch deine Kreolen springen
laut kreischend
der ganze Belag an wilden Pflanzen in meinem Gesicht.
wir wären einander Gabel und Messer
einander Diebe der Anmut, unser gegenseitiger Seelenschmuck,
doch nur die Trennung blieb uns, wie ein Brocken, im Halse stecken

mein Geliebter, was Liebe den Liebenden antut,
tut man seinem Feind nicht an
beim Erobern der Palastausgänge, Rauschgift und ein Kaftan
auf der Treppe niedersinkend stirbt der letzte Prinz,
letzte Gelegenheit, unabwendbarer letzter Zwiegesang,
letzter Schwur des letzten Narren
allerletzte Ewigkeit berührender, verärgerter, roter Stoff!

zweifellos lehren die Berge Leid
was zählt, dass ungestüme Seelen
den passenden, echten Tod
finden,
denn es ist nicht wichtig, wer wessen Sarg zusammennagelt,
der Verrat legt sich, wie eine Nutte,
in die Arme der Nacht!

auf jenem einsamen Weg von Licht zu Licht,
in jenem dunklen Atmen und dem wirren Ersticken,
an jenem blinden Punkt, an dem du mir dich zu lieben nicht erlaubtest,
an jenem überreizten Punkt des zu sehr Mann und zu sehr Frau,
den ich nicht kannte
nicht kennen wollte
in jenem schwer beschreibbaren
Vakuum
das, wie eine Krankheit, unbegreiflich ist
schritt ich voran
wo dein Körper meinen Körper verwirrte,
ihn anspornte!
ich suchte nicht nach Spuren

ich fragte nicht nach Namen
ich blickte nicht einmal zurück!

erinnere dich, Geliebter, erinnere dich gewiss,
wir hatten inmitten all des Lebens uns selbst
so sehr gejagt,
dass kein Leben mehr Kraft hatte anderen Leben
nachzujagen!

‚nie werde ich erlauben, dass du mich liebst'
hast du in dein Notizbuch an meiner Tür geschrieben
Und ich fügte hinzu:
*"Man soll die Liebe strafen,
wenn sie das Herz schändet!"*

VERSCHWENDERWEIS

Merkwürdig, der Adrenalinwert des Reißnagels ist
in den erleichterten Zutaten der Ethik viel zu hoch,
die Krustenhersteller im Norden des Friedhofs
scheuer, niederträchtiger und erniedrigender Blicke
schufen in meinem Gesicht neue Gebaren und meinem Leben
maßen sie neue Macht zu, sagten, sie sei lediglich Kruste.

Es gibt ja auch einen Jesus, zwischen Nagel und
Kreuz geklemmt, Gott, bitte, entwende ihn nicht meiner Seele.
Denn meine Seele ist meine Wut, als meine Huldigung
könnte sie auch gelten, der Teufelskerl in meinem
Schoß ... Der Schlaf dieses Wassers reicht nicht bis hier.

In seinem Bett, in heimlichen Nächten wird er niedergehen
wie lila Augenstaub, zu Plasma, zum Beispiel als Muster
einer zersplitterten Leber, die sich mit Zirrhose plagt
oder wie eine schleichende Seuche, Wissensplünderung
bis
seinerzeit jener Regenmacher
e gleich m hoch c ... Rabenschwarz!

BLONDES BLAU

meine wilde Form ist die Sprache der Farben,
sagte der kraftlos gewordene Stein; nimm mich nicht
als Andenken, mein Leben würde nur erschwert

ich bin eine einfache Kraft, die zu Kummer und Dank neigt
die Weltgeschichte, der ich beigefügt wurde,
          geriete aus dem Gleichgewicht
hohe Klippen erklimme ich mit fiktivem Geist
und habe keine Logik,
ich bin ein Stein, vom Wasser gestreichelt und geküsst
eine mich belagernde Plage ist der Mensch
unter Karantäne die blutige Beute auf mir

mein Fieber ist gestiegen
und innen ist die Schöpfung Lava

WILLENSSCHLÜSSEL

Der Nacht fehlt ein Bein, die elektronische

Schonkost ordnungsloser Enzyme heißt Treue
meiner Stimme Antwort unaufrichtig, einem Minarett
gleich die Zunge in meinem Mund … mir fremd …

an diesem Sonntag war ich nicht beten
sondern mit Gott auf Jagd im Universum … die Waffen

vorher schon blutig, der Abzugbügel wackelig
          und die Verschlußfeder lose
eine Menge Platz belegt das Desaster ohne ersichtlichen Grund

das Sicherheitsschloss …

der Nacht fehlt ein Bein, es war nicht mein Kind

wir liebten uns mit wunderschönen Mädchen auf Hängen
der Reihe nach töteten und warfen wir sie in den Abgrund

es gab eine Frau, ihre Augen aus Holz
sie lebte nicht, sogar sie lebte nicht

ihre Hände Abzugbügel, ihre Lippen Verschlußfeder
ihre Erinnerungen

offenbar ihr Wille das Sicherheitsschloss

als sie ein großes Geheimnis bewahrte explodierte sie
an der Geschwindigkeit

DER ZWEIHUNDERTZWANZIGSTE ZUFLUCHTSORT

Den Vorwurf in seinem Gesicht deutete ich zur Wachsamkeit um
das letzte Blatt fiel wie ein abgehackter Kopf vom Baum
ja, in dieser Liebe wurde auch ich zum Märtyrer.
Bedeckt mich, wenn es geht, mit jenem Blatt, mit jenem Kopf.

Keinem Höllenwärter spendete ich Blut
kein Blut nahm ich aus der Hölle an
das Böse bleibt nie ohne Blüten, hatte Baudelaire gesagt,
ja, ich wurde in dieser Liebe zum Kind,
ich wurde bunt
ich wurde Phönix
schneidet mir meine Hände ab, mir reichen meine Finger dort!

DIE ANGREIFER

"Es war ein Herbst, dessen Gesicht von Regen
wie von Messern zerfurcht war"
als dieser Banalität wegen
Istanbul hinter grauen Schleiern weit in den Hintergrund rückte
waren meine Angreifer, wenn es hoch kommt, vier fünf Männer

vielleicht ein oft gehörtes Lied von David Bowie,
vielleicht der - einem brennenden Meteor gleich -
vor meine Füße fallende Kopf des einzigen Geliebten
oder vielleicht der mitten auf meiner Brust
krachend einstürzende dunkle Nebelschleier.
All das sollte ich nicht erleben
meine Angreifer waren, wenn es hoch kommt, vier fünf Männer

Ich möchte, dass du weißt,
dass in dieser Stadt dich niemand mehr lieb hat
und mit dem Verlassenden gibt es auch
ein Problem des Schweigens,
gebrochen die Knochen der Straßen,
und keiner mehr, der der Straßen neuen Worte Glauben schenkt.
Straßen verstehen nur Straßen, die sie kreuzen,
und ein Mensch ist nicht ein Leben lang Reisender,
auch er wird eines Tages zweifellos eine Adresse haben
zum Erinnern
auch er hat vielleicht ein oft gehörtes Lied von David Bowie
einen ernst zu nehmenden Stolz, eine Ausrede,
einige persönliche Minuten, wenn er weint.

"Es war ein Herbst, dessen Gesicht von Regen
wie von Messern zerfurcht war"
als Istanbul hinter grauen Schleiern weit in den Hintergrund rückte
als die Nacht sich wie ein Skorpion über die Rakıgläser senkte,
als der Wind im Nihavend Rhythmus wehte, würde ich nieman-
den verfluchen, denn

die, die mich angegriffen haben, waren, wenn es hoch kommt,
vier fünf Insekten
Kinder
Böse
und alle dumm genug, um mir zu ähneln.

REQUIEM FÜR EINE WINTERLIEBE

Meine ermüdete Existenz sagte,
von der Inspiration aufgerieben seien
die müden und schuldigen Hautstücke
unter Steinen sogar.

Ohne Bluten die Jahre
vergingen einzeln die Dolden
meiner Traubenmiene;
meine Sorge eine Bergkette
mein Verdruss eine Kerbe klirrender Kälte
meine Wunden bluten nicht
aus ihnen schneit es
auf meinem glatten Dolch bleibt kein Schnee liegen.

In einem fernen Bahnhof
erfriert ein verlassener, leerer Zug.

In illusionslosen Blicken, an Fenstern
kleben geblieben
eingeklemmt
zappeln piepsend eingeklemmte
Vögel und klatschen meiner grausamen Sehnsucht Beifall!

WETTE

Für Cemal Süreya

Eine große Anmaßung, dass ich weiterlebe,
doch trotz all des Bösen kannst du mich nicht
narren Gott

in meinem Verstand

KANTORIUM

Wir, europäisch Brüskierte türkischer Lieben,
mag die Liebe eine Bürde sein, hulde ich
dieser Selbstsucht Dankbarkeit.

Sei versichert, Serienkiller töten nicht nach dem Kalender.
In einer fremden Leiche groß zu werden ist innigste Verbindung.
Ich weine fünfmal täglich den Regen an, der dich mir fortgerissen hat,
Aber du, hasse den Regen nicht!
Der Regen stellt keine Alleinregierung.
Und wenn doch, dann nur im Wahnzustand.
Dann wird mein Körper zum verängstigten Dämon.

Über alles und überall hin trage ich wie eine Salbe deinen Namen auf,
der in meinen Händen den Tod, auf meiner Zunge die Schmerzen mehrt.

Du bist gegangen, um dich bei Gott als Prophet zu melden.
Mich wirst du nicht lieben, die Vorhölle bin ich, das weiß ich.

Ich steh' fürs Böse; niemand, der mich anbetet, der um mich betet.
Wie eine blutende Wunde schützte ich mein Herz,
ohne auf Wohlwollen zu setzen.

GLÜCK IST EINE GROSSE IMPERTINENZ

Resignierend lösen sich in verlassenen Gärten
die Brunnen, darin Kinderleichen, der Lärm der Toten,
schaut, ich habe nicht alle getötet,
mehr noch, ich liebte keinen, der nicht das Messer
          gegen meine Ahnen zückte.
Jetzt ist es Zeit, den Satz zu sagen, den ich
mein Anderes-Ich hassenden Menschen eingepaukt hatte
und den ich bei jedem Einpauken besudelt hatte:

Glück ist eine große Impertinenz

Wenn Mitternacht, unterwegs zu einem Freund,
Klatschmohn in der ihm gereichten Hand, und
in der Hinterhand noch immer ein Handschar lauert.

WINTERBAHNHOF

Vielleicht wirst auch du
im kindlichsten Waggon des Zuges sitzen
zu verletzlichster Stunde der Nacht
wenn sie giftige Tausendfüßler nährt
genau um zehn Uhr in der Nacht

wenn deine Hände, Füße und Tränen
vereisen
und wer weiß, vielleicht denkst du gerade an mich
ein Schluck Cognac rutscht zu deinem Herzen
und sogar der Stein darin rührt sich.

Er rührt sich, fällt und der Kristallkelch
zerbricht an den kalten Lippen deines Herzens.

Hab bloß keine Angst, Geliebter, Sterben können ist ein Ziel
und überdies, der Tod hat uns so lieb, schau,
und überdies, der Tod ist brav, ein unschuldiges Wesen
und gleich, wenn wir sterben, machen wir alles sauber
wer weiß, vielleicht besucht uns sogar ein unbekannter Prophet.

In einem fernen Bahnhof
erfriert ein verlassener, leerer Zug.
Granatäpfel platzen laut.
Die Vögel lassen von mir ab und klatschen
dem edlen Verrat meines Geliebten Beifall.

KRIMINALLIEBESGEDICHT

Warum höre ich diese Lieder,
diese verschmähten Rockmelodien?
In der Natur ist jeder Körper
          ein Instrument,
und Gott wie ein unerkannt bleibender
Hörer
ein Interpret der Vernichtung der Aktion.
Auch dort werden die Leichen der Kraft
          mit Liedern auf die letzte Reise begleitet.
Deshalb so lärmend die Menschen.
In der Natur trägt jede Frucht
          ein Instrument
Zu *Islambul* verwandelt sich meine Stadt
es spielen Saz' zur Todesstunde, über das Lynchen.
Warum höre ich diese Lieder,
diese verschmähten Rockmelodien?

Vor meiner Tür lauern Biber,
um mein Inneres aufzufressen sobald ich tot bin.
Bloß nicht bluten
und beherrsch' dich,
          die Wunden sollen dich nicht nahe wähnen.
Mal bin ich an einem Ende der Wippe
dann renne ich ans andere.

Hat der Menschensohn
          andere Zeugen
bei dem Leben genannten Geistesdelikt?

ORGIE IM HAUS EINES TOTEN

Jeder kann seinen Namen ändern, mein Name zum Beispiel
ist jetzt Baum
deiner Abstraktion Herzpräparat, eines Anderen Ersatz;
aber genug! Sagen wir mal, die ganze Familie steht vor dem Haus
und ist erregt
wie einträgliche Sonntagmorgen warten wir auf Antwort
aus dem Dreck.
Soldaten ziehen am Haus vorbei und wir harren aus davor,
ja, ja, man kann ihn ändern, meiner ist jetzt zum Beispiel Hass.

Meine Schwester hatte große Angst, sie ist viel kleiner, größer
als der Dreck ist natürlich mein Vater, größer bin ich als meine
kleiner werdende Mutter,
wir sind kleiner in unserem immer enger werdenden Leben
oder größer
im Drecksack Universum, das zu fürchten man uns rät.

Putsche, Lager, requirierte und verbrannte Bücher - bei einer tief
unsittlichen Feuermeldung kauert der Rauch auf dem Boden
und erhebt sich, arrogant, Mutter, Vater; ich bin größer als
meine kleiner werdende
Schwester, sie schnitt sich mit Glasscherben ihren
dünnen September auf,
aus dem ein Dichter steigt, entsteigt dem Strick seines Galgen,
edel, jung und rebellisch als der Weisen Liebesphilosophie
Ersatz! Genug!
Sagen wir mal, wir stehen vor der Volksrevolution und entschlossen
die Guerillas, kämpfen vor dem Haus, vor dem auch wir stehen,
als würden wir vom Dreck Antwort erwarten.
Jeder kann sein Leben ändern, meines ist jetzt zum Beispiel tot.

NICOLA

Du bringst die Rose um den Verstand. Lass das sein.
Verse finden zu ihren verlassenen Gedichten nicht zurück,
und du mutierst zu einer erniedrigten Abenddämmerung
bis zur Taille nass deine Haare
Deine Augen
verdreht, auf einer dunkelrot samtenen Decke
zurückgelassen
ein Gläserpaar
gerade dabei zu explodieren
kurz vor dem Sturm
ein armes und einsames Kind, das dein Gesicht bedeckt,
ohne Märchen, schüchtern und anschmiegsam.
Man müsste dir einen makedonischen Namen geben: Nicola.
Die Wagnis, dem Sinnlosen etwas zu schenken,
dessen Sinn du nicht kennst
Jeden Tag komme ich zu dir, Nicola,
sitze auf deinem Balkon und trinke Bier, Choπcko,
ein Stück weit weg
beobachten große Männer durch Teleskope das Feld
große Frauen schlafen.
Große Frauen sind wegen großer Männer verletzt,
sind wegen großer Männer schlampig.

Ein Taschenmesser hütet dein Messer wie ein Geheimnis,
zurückgelassen auf dem Tisch, und ich ging.
Was macht das schon, ob die Wirklichkeit des Abbilds
eines Taschenmessers
Nicola heißt
oder iskender

denn ganz in der Nähe
liegen die Lieder in einem schönen Grab begraben.

MATRIX

manche Musik saugt Gesichter auf. Wenn
die Nacht ihren Samen auf die Einsamkeit fallen lässt

manche Stadt saugt Einsamkeit auf. Wenn
der Mensch sich einer sonderbaren Gefangenschaft überlässt

manches Leid saugt Gefangenschaft auf. Wenn
der Tod ausgeschmückte erste Worte des Abschieds berührt

mancher Selbstmord saugt Worte auf. Wenn
die Leere allmählich dein Gesicht im Spiegel füllt

nimm diese musiklose Stadt
nimm diesen schmerzlosen Selbstmord
geh,
geh, wenn es so einfach ist, such dir einen neuen Körper für die Hölle

GEFLÜSTER VOR DEM BEGRÄBNIS

wir sind auf dem hinteren Balkon im Haus des Toten,
die Aussicht: schneebedeckte Megalithen,
ein Gelände voll abgeschnittener Hahnenköpfe
frisch gewaschene schwarze Laken, auf vertrockneten Bäumen
aufgehängte Wäsche
- *lerne erst richtig, was du bist,* das war
sein letztes Wort - sagt er.
Es wäre gut, wenn wir ihn endlich begraben!

Merkwürdig den Tod eines Landes zu erleben.
Keine Erben, nur Würmer werden sich bedienen.

VERSTANDESSCHMERZ

Rückenmark
gleich streckt sich die Pappel, verantwortlich für einen
falsch definierten Körper
im Schatten des Hirns, an dem sie sich klammert
und der verwinkelte Knorpel ist in Wirklichkeit
der abgetrennte Zweig.

Die Zweige greifen wie eine Hand
um den kaum zähmbaren Verstand,
den schwarzgekleidete Reiter schwarzer Pferde
geborstene Hufeisen umklammern

Um uns zu ängstigen brüllt die Flamme
in tief leidenden feinen Pflanzen,
einem verlassenen, weggeworfenen,
kleinen, sehr kleinen Himmelskörper gleich,
wie eine blühende Rose
zwischen den Rippen der Liebe;

der Verstand weint mit Lava im Schlund

DIE BUNDESLADE

nach dem Brand eines Karussells
rauchende, heiße Knochen von Kindern
- das letze Abendmahl
am Tisch der Vielgöttereinsamkeiten - arglos und schwarz!

nähre in deinem Körper zahmen Hass, zahme Begierden
und in jungen Momenten schwerer Morde
wische deinen Mund mit Blut ab, wasche ihn
mit dem lila Mondschein!

in deinen Augen und in deinen Wünschen liegt Entfremdung,
(ich weiß noch, wir hatten Spielzeuglippen und
Erinnerungen aus Plastik)
dein Gesicht, das ich mit einer stumpfen, rostigen Säge stutzte,
bröckelt lichtgebrochen in meine Hand,
fällt mit seinem eigenen Karussell von dir. Warum
hatten wir in kristallklarem Delirium
überall Tempelhüpfen gespielt?
Blitzschnelle Freitode unserer blitzableitenden Trunkenheiten
ließen wir wie flache Ziegelbrocken, bespuckt, über das Meer gleiten
und warum hatten wir uns immer in Turbanseide gewickelt,
ohne Grund?
wer hatte die Kohlezeichnungen unserer Erinnerungen
auf nassem Papier als Segel gesetzt?

GELÄCHTER NACH DER BEISETZUNG

Alles kann sterben. Tags zu sterben ist leicht.
Das Leben nährt sich von dem Leiche genannten Material.
In der Läuterung des jäh schwer werdenden Fleisches
kaut Gott die Seelen wieder. Leben heißt,
immer wieder im gleichen Mund durchgekaut zu werden.

Du stirbst. Das Problem ist zu Ende.
Du stirbst. Stickstoff spaltet sich.
Du stirbst. Es vervollständigt sich die Loyalität zur Leere.

Jeder kann sich wünschen, an der eigenen Obduktion teilzunehmen,
nur die Einsamkeit ist für andere nicht betretbar.

DU HAST EINE MÖWE ZUM WEINEN GEBRACHT

sieh, du hast eine Möwe zum Weinen gebracht
jetzt bringt sich bestimmt ein Kind um

krachend kränkt die Nacht mein Gottvertrauen
ein Blatt zerbricht und fällt ins Wasser
verletzt es und es blutet Wasserfall!

ach, wie ich zitterte körperlos
als hätte sich ein Pianist gebückt
kollidierenden divergenten Wahrheiten gleich
befehdete ich dein Gesicht. Dein Gesicht
ist eine glatte anmutige Handschrift
als es sich in meinem Gesicht spiegelt
dein Gesicht auf meiner Stirn
dein Gesicht, weite, trübe Gestirne!

die Lüge eines unvollendeten Lebens bist du
Du: Inbegriff meiner bösen Träume
meiner Kindheit Reststadium!
töten werde ich mich mit deinen Lippen
gerüstet mit Fleisch und Sinnlichkeit deiner Lippen
Du! Letztes heiliges Buch, mir abgesandt
        letzter erbärmlicher Heiliger
        letzter untauglicher Prophet!

sieh, du hast eine Möwe zum Weinen gebracht
jetzt bringt sich bestimmt ein Kind um

DU HAST EINE MÖWE ZUM WEINEN GEBRACHT II.

dann stirbt gegen Morgen auch noch eine Gazelle

grüne Tränen fließen aus dem Wagen,
den du zur Tankstelle geschleppt hast:
was das Abbild dieser konstanten Liebe bedeutet.
Wasser schlafen nicht! Wasser hören keinen Traum mehr!
Lass mich aussteigen aus deinem Gesicht …

billige Käsesorten, ach, schlechte Weine
zu billigem Trübsinn, ach, voll böser Erinnerungen
vergingverging ver'ging unser Leben
dann schneide auch ich mir in die bösen Arme
mit billigen Rasierklingen
dann stöhne auch ich wie böse Kinder
bei billigen Liebesakten
aus den Wunden entspringt immer nur
ein Gaukler, der bis zum Hals in Scheiße steckt
aus den Wunden
aus den Wunden quillt Lava, quillt Sperma
Lava vermischt sich mit Sperma, ergießt sich in Verrat
in den Nächten treffe ich auf alte Verehrer
kämpfe mich durch die Straßen
meine Fingernägel herausreißend erwacht die Leidenschaft

du bist eine Glasscherbe in meinem Herzen
schleichst langsam voran und lässt mich bluten
ob dein Sein oder ein Brand
ob Berührungen oder der Koran
der Regen hat nichts von uns bemerkt!

türmen werden wir in unser Inneres
werden uns ohne dich mit den Atomen des Lebens vermischen
in deiner Faust ein Brösel Tüllseide
in meinen Haaren ein herbstliches, winziges Nachmittagsgebet

ein Weibsstück wird in unseren Namen Arabeske singen
einige werden für uns trinken und verrückt spielen
dann ... dann, werden wir vergessen, eines Tages
eine bleierne Müdigkeit wird unsere Plätze einnehmen ...

"du hast eine Möwe zum weinen gebracht ich bin ein Kind
du bist ein Kind bringt sich jetzt bestimmt um"

TRENNUNGSKRONOMETER

Kohle spaltet sich vom Körper ab
Alle Wetterberichte behaupteten es heute.
Das niederträchtige Erdbeben in mir
Unter den Ruinen gebrochener Leben
Braucht sich in mir gar nicht erst zu regen.
Deinen Namen besudelt nicht einmal Erde.

Schlimmstenfalls gibt es drei vier Leidende
Schlimmstenfalls vergeht mein Leben unter Aufsicht
Dich in meinem Traum zu sehen ist gewöhnliche Schande
Ich hatte Bäume kennen gelernt, so einsam sie in der Ferne
Ihre Blätter schütteln sie nicht ab, die ergreifen freiwillig die Flucht.

Das ist ein Brief, der in der pitschnassen Nacht
Mit unzeitigem Stift und Tinte aus Blitz geschrieben wird
Wer weiß, vielleicht vergesse auch ich dich so schnell,
Ziehe aus meiner grundlosen Traurigkeit fort und gebe dem Leid keinen Ausdruck
Ich hatte Liebende kennen gelernt, so verzückt sie in der Ferne
sterben nicht, nur ihre Seelen kehren in den Mutterschoß zurück.

UNGESEGNETES LEBEN

Wenn du einen Schnitt zurücklässt, wurde er erlebt
keine Wunde
sondern ein Schnitt, vom Herzen zum Geiste hin;
an so manchem Scheideweg mächtig unterdrückte
Lieder: was sie erdulden, ist die Stille genannte Bürde.

Halte nicht inne und frage nicht nach dem Weg in die Wüste
kein Verlust,
sondern die von der Liebe abgetrennte Ethik;
in so manchen Lebensgeschichten die altbekannten
Fehler: übergangen sind die, die dich liebten.

Errette deine Freiheit aus den Fängen der Toleranz
denn jede Revolution erlahmte an zu vielen Opfern.

VERGEBLICHER KUMMER

wie Dir
ein von mir weinend verpasster Schlag ins Gesicht
ist diese Wüste meines letzten Kusses

die Bestien in mir
sich ihrer blutigen Ketten entledigt
der Wärter in mir
heimlich das Tor den Gefangenen geöffnet,
komm, reden wir ein wenig über unsere falschen Gäste
ist unser unabwendbares Schicksal nicht
jene Linie, auf der wir betrunken gerade zu laufen versuchen,
und die Liebe, wie die von anderen erzählte andere Hälfte
meiner letzten Worte, seltsam …

wie auch immer …
erscheine mir schön in meiner Nacht der Trennung
denn meine Waffe ist nur gegen das plumpe Leben gerichtet

PANIK BEI VERSAGENSANGST

Aufrichtige Ausländer erforschen das Wasser
das Wasser ist gesittet
und erforscht sie aus Respekt.
Vor kurzem wurden ein paar Männer getötet
                              in Gottes Nachbarschaft
wie Liebende, die viel Blut lassen mussten,
                              exakt an der Spitze des Alls

Wenn du mit der Stimme einer Frau redetest
eilte gleich die Einsamkeit herbei
und wenn du mit der Stimme eines Mannes redetest
wüsste man nicht, wer weinen würde,
und wenn diese Toten plötzlich auferstünden und gingen
wer würde Beifall klatschen und wofür
und an welcher Stelle eines Verrats
würde sich der Beifall schicken?

VERSAGEN BEI PANIK

Das larmoyante Organ, vor der Berührung des durchtriebenen
Chirurgenmessers, zweifellos unbefleckt.

Einem Wort aus kraftvollen Lettern bin ich verfallen
aus dessen endloser Wiederholung ein einziger Satz besteht.
Kannibalische Zwerge, von mir aufgehetzt, fressen uns auf,
wir haben das Monopol, aus Schwermut zu schöpfen
die Aufrichtigkeit.

WINTEREPIDEMIEVERLUST

Ein Heer von schattigen Geistern belagert die Eichung der Zeit
keine Kinder, die laufen in der Schwärze der Hand
mit bleiernen Augen der Herbst Gewässer in den Wahn treibt
im Schaum der Liebe
im Stall der sich paarenden Pferde ein wenig müde
dem Leben überlassen der Greis

kraft blassester Schmerzen sammeln sie schreckliche Tote
aus zu Sehnsucht zerfallenen Glücksmomenten,
nach der Wahrheit wird wie nach einem Mörder gefahndet,
der im Nebel der Erinnerungen verschwand,
abgesicherte Liebende
in ihren abgeschlachteten Kindern der Eiter.

Seelisches Elend, verfinstert aus der Brust des Himmels;
ein Wort, aus dem Munde tretend, zu Boden fließt.

Es schneit rostig über die riesigen Maschinen
und du, Geliebter, stirbst in meinen Armen.

Alles Gute im Neuen Jahr

JAMSESSION

Ein Interesse wie Geschlechtskrankheit ist das:
zwischen den Noten schmerzenden Wassers
ohne Kurs,
verlorenen Patienten gleich,
          seine Erfüllung beschädigt.

Der reine Dreck ist Entschuldigung an die Engel des Bodens
das Zusammentreffen der Moräne mit dem Tintenfisch
in verlassenen Abenteuern, träge und müde,
im Ozean zwischen fernen Sternen.

Der Tod hat kein Meeresufer.

WIE VIELE?

wie viele Katzen haben dich gekratzt, Mutter?
ich suche dich in den Fenstern, ob du noch da bist
gestern Nacht haben Schurken eine Nelke erstochen
unfähig zu fliehen wurde sie angeschossen,
sie starb nicht, sie verwelkte
wie oft hat man dich betrogen Mutter
am ganzen Körper bist du verwundet
sogar dein Weinen ist verzerrt
dein Blick untief
und ganz besonders verändert
wie oft ich mich auflehnte und wie oft ich ging
vom Schreien wurde meine Stimme fest
je fester meine Stimme wurde, blutete der Brillant zertrümmert
wie oft hat man dich getötet Mutter
wie oft mich geschlagen
heiraten wir endlich Mutter wider das Leben
und komm, verlieren wir zusammen diesen lila Krieg

bringe dich mit mir um, Mutter!

IDEEN VERHELFEN ZU VERNUNFT

der Schmerz ist Stellvertreter Gottes
sofern du in deinen Schmerzen frei bist

du verwest als freier Toter
in den liebenden Armen des Stolzes.

niemand will dich dem Lärmen überlassen
Einsamkeit ist die einzige Antwort auf Gehorsam.

der Schmerz leugnet Gott
wenn du noch lebst und keinen Ausweg findest.

als verrosteter, dreckiger Geist
wäschst du dich bei jedem Ruf in Tränen.

niemand traut sich, dich zu lieben,
ein Stück Fleisch nur das Herz
das unter der Erde und der Last
der Erinnerungen immer zerfällt.

Schmerz ist, die Liebe vor Gott umzutauschen,
für den Götzendienst in vergeblichen Glücksmomenten.

DÄMONENBEWEIS

Die Tiefe ermüdet das Wasser am meisten,
den Mörder schützt die Ignoranz,
die Hoffnung schwindet bei Mut und Güte,
der Anfang steht nicht für blutige Anfänge
sondern für mittelmäßiges Glück.

DIE ZIEGE UND DAS GEHEIMNIS

ich sah eine vergilbte Ziege als ich im September starb
unschuldig wie der Jüngste Tag
böse wie eine Gottheit: die Chronik in seinem Gedächtnis eine Waffe
oder arme Kinder, die die Haare des Meeres und die Wogen
mit großen langen Bürsten kämmen
Kinder, die mit ihren nackten Füßen Satan zertreten
wie die bittere Stimme eines Ezans
Minarette, Kuppeln auf einem verlockenden Körper
sah ich eine vergilbte Ziege, von Kopf bis Fuß Eiter
Zunge und Wort Trotz und böse wie eine Gottheit

meine Liebe,
welcher Wirbel bist du in meinem verletzten,
gebrochenen Rückgrat?

MORD IN DER STUDENTENBUDE

Deine Lippen sind
auf meinen Lippen der Verlobungsring, prinzipienloses
Blues, bei der Expansion der Regeln der Angst
wie eine Verleumdung senkt sich die Nacht über die Stadt
die jugendliche Freiheit tobt sich ordentlich aus
du gleichst flatternden roten Röcken
und flackerst wie brennende Hexen
in der bunten Insektensammlung

du bist mein Verstand
und mein Verstand lässt mich im Stich
zwischen Milliarden von Einsamkeitsregeln

dann kommt Lou Reed
und wir frühstücken zusammen
Schafskäse, Oliven, schwarze Feigenmarmelade
und etwas Blut, zwischen zwei Scheiben Brot

PERIPHERISCH

Sie hat sich feines Plasma angezogen und nimmt Glückwünsche
entgegen mit ihren ex Belastungsgrenzen, die aussätzige
großstädtische Skepsis: ja, sie hatten wir am meisten geliebt
in ihrem eiskalten Eifer erlahmend, ihre Lieben erneuernde
Absenz; eine dämonische Hure, die den Druck des Schmerzes
des Letzten mit ihren Brüsten abfängt.

Ihre ehrlose Arroganz ignoriert das Markenzeichen
stumpfer Desperados, heilige Sätze im verworrenen Geschreibe,
zur eigenen Verteidigung ganz leicht dahingekritzelt,
ihr ganzer Organismus genährt von Glaubensresten
von ihrer kalten Bemühung vereist der Mythos.

Krebsgeschwüre, von verhinderten Geschichten genährt,
sind Ausreden, an denen wir glauben; und wir hatten sie geliebt,
begnügten uns mit einem "immerhin", und mit einer Waffe
in unserer Hand,
deren Kaliberzahl wir nicht kannten, versuchten wir
den wilden Kod zu knacken,
den der Genetik, der an den Türen seines Zwingers rüttelt,
ein Anstaltsflüchtling in der Ferne.

Abgelehnt haben wir die Struktur, die uns gefangen hielt,
die gerichtliche Untersuchung, um die vielen Fremden in uns
einzuordnen, und wir zogen uns aus, um auf unserem
systematisch krankhaften Boden der die Menschen
einander entfremdenden
Sache zu dienen, boten unser Blut dem Anarchisten
in unserer Wiederholung.

Der Abgesang des abstumpfenden Herzens,
die viel zu Fremden liebten wir so sehr;
in der lauten Peripherie, wo das Dunkel
Rassen in den Morast drückte.

EX AM SPIESS AN DER GRENZE ZUM MINIMALWAHN

Die Enttäuschung: ein heftiger Verstandesschmerz

Das Leben, ein zum Sterben am Wegesrand
zurückgelassenes, altes und launisches Pferd;
ein Wasseramulett, das aus dem Himmel genannten
Wasserhahn sich über unsere Freiheit ergießt,
als gewaltige, geistsättigende Plumpheit
ein nacktes Tier, aus unbezähmbaren Körpern
frei gelassen,
das sich in uns einnistet
der verwesten Fliegen wegen
und wegen der barschen Stille dieser Berge;
die draußen fließende kopflose Ehrenfrömmigkeit
die vor einsamen Worten erkaltende Atmosphäre
und trotzdem muss man einen Grund finden
für den vor Schmerz wahnsinnig werdenden
würdevollen, schwachen Körper.

Warte nicht, die Kinder kommen in auf sie hoffende Heime
nicht zurück
Lausche nicht, Würmer und Vögel sind verstummt, weinen
werden sie ein wenig
wenn nötig, die Menschen, aus der Nacht ins Morgengrauen
tretend, erkennen,
dass der Regen zum Nebel, der Wind in Hagel sich verwandelt.
Also ist auch die Natur gekränkt.
Also auch sie ohne Verstand.

Die Enttäuschung: ein heftiger Verstandesschmerz;
die Liebe ... darüber reden wir später!

VON DEN TOTEN NICHTS ZU HÖREN

Unter dem Einfluss des Wissens, in Leder
gekleidete verschlagene Straßen und Buchstaben-
Leichen; denn in Wirklichkeit
fiebert jede Erfüllung nur Angst,
wenn Unwissenheit Liebesakte prüft.

Aufwendige Erbarmungslosigkeit;
durch Wiederholung stärkt sich der Tod;
das also ist der Verfall von Einsamkeit,
das ist der letztgelesene, schreckliche, Liebe genannte
Absatz im unvollendeten Buch.

OHRID

Der See
redet, das Bewusstsein
ist wie ein fieberndes Kind, gereizt
und unerhört unschuldig,
streichelt das Wasser
und ängstigt dessen Grenzen.

Der Geruch
ist das, sagt er;
paprikarot, wie ein sich entkleidendes Mädchen,
die Stirn der Nacht, die Zeit,
die gebeugten Knie der Nacht
zu dem Abreisenden ungeduldig
während er schwarz schwitzt

Der See
redet, während das Wort
sich in das dumme Schaudern verliebt
entschwindet der Abreisende in des Weges Sinn
und wird Stein auf dem Weg ... vergeht ...

denn einsame Tote baden nicht im nackten See.

ESSAYS

Notizen für Rimbaud

I.

"Wer beim Gehen die Sonne im Rücken hat, fürchtet sogar den Schatten vor sich."

Dieses Sprichwort liefert eine einleuchtende Begründung dafür, weshalb manche Dichter, die über die Tradition in Trauergesängen wehklagen und deren kleinmütige Poesie allein aus dieser Tradition genährt wird, sich von jungen, das Ungewohnte wagenden Dichterkollegen distanzieren. Sie selbst vermeiden jede Auflehnung und jede Veränderung, denn sie sind Profiteure des Systems und haben viel zu verlieren. Das System honoriert und beschützt sie und sorgt als Gegenleistung dafür, dass sie nicht in Vergessenheit geraten.

Warum aber greift ihnen das System auf diese Art und Weise unter die Arme? Die Antwort ist denkbar einfach: Weil sie sich Themen widmen, die das System nicht in Frage stellen. Gleichzeitig füllen sie ein Vakuum, das die Sehnsucht der Menschen nach Poesie entstehen lässt. Solche Dichter revoltieren nicht gegen das System, allerdings lassen sie sich ihre Anpassung honorieren. Sie vertreten eine hierarchische, systemkonforme Kunstauffassung, schreiben ohne nach Abenteuern zu suchen, leben ohne Enthusiasmus und sterben heimtückisch.

Auch Sie wissen - zumindest haben Sie schon davon gehört -, dass solche Dichter stets als Gruppe - als Herde - auftreten. Das Herdenverhalten ist im Grunde genommen eine geistige Disposition - gekünstelt und schmierig, wie ein Gruppenfoto, vor dessen Aufnahme alle Abgebildeten aufgeregt eine für sie vorteilhafte Position gesucht hatten, die sie dann gegen andere verteidigten - ein Foto, auf dem alle in die Kamera blicken, etwa so natürlich, wie eine Rudel von Schakalen, die das gleiche Reh zerfleischen - ein widerliches Gehabe von "Freundschaft und Wohlbehagen".

Schauen Sie diesen Menschen ins Gesicht, ganz besonders aber in ihre Augen: Hinter ihren beklemmend selbstsicheren Blicken versuchen sie ihre Angst zu verbergen, genauer gesagt: ihrer Angst Herr zu werden. Es ist die Angst, nicht verstanden, ausgestoßen und vergessen zu werden.

Doch die Vergangenheit wird immer vergessen, Rimbaud!

Die Leser solcher Dichter stammen nicht aus dem Volk, sondern aus höheren Gesellschaftsschichten. Ist es ein Zufall, dass sie die Tradition "Meister-Schüler" hochhalten, und dass sie diese in eine eigene [wissenschaftliche] Disziplin hineinpressen? Nein! Denn sie gebaren sich aristokratisch und sind Experten im Intrigieren. Sie sind wie Travesties der Nacht - zu bestimmten Stunden des Tages emsig bei der Arbeit, wie es die Tradition verlangt, ernst und diskret. Aber außerhalb dieser offiziellen Zeit sind sie Schwarze Männer. Insbesondere sind sie aber zu kleinmütig und ängstlich, um zuzugeben, dass sie Faschisten sind. Sie leben wie ein großer Fehler, eine Berichtigung, und nur der Naivität der Jugend ist es zu verdanken, dass sie von ihrem Ruhm noch immer zehren können und für die Nachwelt erhalten bleiben. Sie sind nicht in der Lage, einen neuen Autor zu entdecken, deshalb erschaffen sie einen nach der eigenen Gesinnung.

Ist es nicht verwunderlich, dass ein Traditionalist, der im Islam nach Lebensweisheit sucht, einen jungen Dichter aus Militärkreisen protegiert? Und verwundert es niemanden, wenn ein Militärfürst, der außer dem eigenen Stand nichts respektiert, zugleich auf die althergebrachte Gesellschaftsordnung setzt?

Welchen Weg sollte man als junger Dichter in einem Land einschlagen, in dem für die Literatur, insbesondere für die Poesie, Polizeiwachen eingerichtet werden? - zum Ergötzen ihrer Erschaffer! Es wäre viel zu naiv, darauf zu warten, dass sie von selbst und allmählich wieder verschwinden würden. Schonungslose Kritik ist deshalb eine Notwendigkeit. Sich darüber lustig zu machen, dürfte zusätzlich Vergnügen bereiten. Ja, war es nicht einer dieser besagten Dichtern, der folgende Worte in die Welt gesetzt hatte: *"Ich möchte der geist- und reizlosen, kalten Literatur einen [neuen] Schliff, eine neue Sensibilität verleihen"?*

Ja! Sie wollen offenbar auch, dass wir uns über sie lustig machen, Rimbaud!

II.

Die künstlich erzeugten Spannungen [der türkischen Literaturszene, Anm. der Übersetzerin] und die Polemik, die die Schwarzen Männer produzieren, erschüttern insbesondere die mittelmäßigen Dichter. An dem mittelmäßigen Dichter haftet immer der Geruch von Tratsch und er schmachtet nach Illustrierten. Während die mittelmäßigen Dichter über "das Neueste" diskutierend ihre Zeit vergeuden, wehren die Schwarzen Männer jede Kritik an sich raffiniert und spitzfindig ab: "Das ist meine Haltung! Das ist eben meine Haltung!"

Der eisglatte Boden des feinen Unterschieds zwischen Individualismus und Subjektivität ist für die Schwarzen Männer die perfekte Spielbühne.

Die Schwarzen Männer spielen nämlich niemals auswärts.

III.

Durch das Auswendiglernen von Gedichten, Zeitschriften, Strömungen oder Haltungen entsteht keine Poesie. Man braucht dafür eine Sprache - scharf und giftig - und ein Gehirn, das das Virtuelle auszudrücken vermag, das Virtuelle gegenständlich interpretieren kann, Rimbaud!

Um Gott zu definieren, genügt es nicht, an Gott zu glauben. Man muss erkennen, dass das menschliche Bewusstsein Gott nötig hat.

Auch hinter dem Versuch der Dichter, Poesie zu definieren, steckt eine solche umgekehrte Kausalität. "Wenn ich die Poesie definieren kann, bin ich ein Dichter." Oder aber das Gegenteil davon: "Wenn ich wirklich ein Dichter bin, dann kann ich die Poesie definieren." Doch man sollte nicht auf eine Definition von Poesie angewiesen sein, vielmehr auf eine gewisse Sparsamkeit. Eine Sparsamkeit der Wahrnehmung.

Man wird nicht dadurch ein guter Gläubiger, dass man jeden Tag in die Kirche oder in die Moschee geht und betet - man muss das richtige Maß finden, und das Notwendige tun - das ist die Quintessenz. Gilt nicht das Gleiche für den Dichter und für alle, die sich mit Poesie beschäftigen?

Kein Wort mag Sprachen, die Stiefellecker des Despotismus sind. Wie viele Dichter können sich in einer Literatur frei entfalten, die voll ist mit Werken von Menschen, die tagtäglich "ganz anderen" Tätigkeiten nachgehen und in der Mittagspause, beim Fünfuhrtee oder vor dem Schlafengehen ihre Gedichte schreiben? Wie viele Kritiker kann eine solche Literatur hervorbringen?

Das sind Gefühlsdichter, Rimbaud, Dichterimitate - fall' bloß nicht auf sie herein. BLOSS nicht! Sie schreiben, um ihr Einkommen zu sichern und ihren gesellschaftlichen Status. Jemand, der Baumaterial verkauft, kann ein Dichter sein, aber jemand, der das "Baumaterial seines künftigen Lebens" vermarktet, verdient nicht die Bezeichnung "Dichter". Es gibt keine reichen Dichter, Rimbaud, bestenfalls solche, die vom Reichtum träumen! Dieser Reichtum entspringt nicht der Poesie, es handelt sich um Reichtum an Menschen. Um Reichtum an Lesern. Reichtum an Lesern darf man nicht mit der Zahl der Leser verwechseln - hier bedeutet das Wort ein hohes Bewusstseinsniveau.

Versuche nicht zu erklären und erwarte auch nicht, dass sie dich verstehen: Wähle deinen Stil richtig, das genügt! Die Leser der wahren Poesie verteilen sich in der Geschichte, nicht im Heute. Trenne dich von der Herde und folge der Idee!

IV.

Die meisten Dichter sind in ihrer Persönlichkeit, die von dem ihnen entgegengebrachten Respekt und von Mut gestärkt wird, sowie bei deren Darstellung nach Außen, Heuchler. Das gilt insbesondere für die Masse der mittelmäßigen Dichter. Sie sind unsicher, stehen nicht hinter dem, was sie schreiben und schwanken zwischen Provinzialität und Hauptstadtindividualismus. Das Ergebnis ist klar erkennbar: Sie bleiben provinziell. Sie sind weder authentisch wie Bauern, noch urban wie Großstädter.

Die Konflikte, die aus dieser Tatsache resultieren, machen sie zum Thema ihrer Gedichte. Die Unschuld, der Fatalismus und die gelegentlich erfolgten ungestümen Ausbrüche sind Symptome, die auf diese Ursachen zurückzuführen sind: Den Durchbruch nicht zu schaffen, keine Neuerungen zustande bringen zu können und die Wut darüber, für immer pubertär zu bleiben. Deshalb gleichen sich die Gedichte dieser Menschen wie ein Ei dem anderen. Sie lesen die gleichen Dichter, sie gehen zu den gleichen Veranstaltungen, sie publizieren in den gleichen Zeitschriften, sie trinken die gleichen Drinks und sie verlieben sich in die gleichen Menschen - ohne, dass jemand davon erfahren darf. Die Kolonien, die sie in der Literatur bilden, sind eigentlich harmlos - man könnte sogar sagen, dass sie dafür sorgen, dass die Poesie nicht ganz ausstirbt. Ihre einzige Hoffnung ist, irgendwann mal ein Gedichtband zu veröffentlichen. Welch ein Spaß es machen würde, ihre Namen als die Besatzungsliste eines Kriegsschiffes aufzustellen, und dann unter ihnen eine Meuterei anzuzetteln, Rimbaud!

Aber lass dich dennoch nicht von ihnen blenden! Poesie bedeutet, verloren zu gehen. Poesie ist der Genuss, den der Schauspieler in seinem Versteck fühlt, wenn die Hebamme nach ihm sucht. Im letzten Augenblick zu erscheinen. Oder gar nicht zu erscheinen!

Poesie ist, in Kauf zu nehmen, gar nicht zu erscheinen.

V.

Neulich kam mir ein Satz in den Sinn, den ich schon lange zum Ausdruck bringen wollte: "Ich bin kein Dichter, ich bin ein Kriegsberichterstatter!"

Ja, eigentlich wollte ich mich nicht unter die Dichter mischen, um ihre endlosen gegenseitigen Abrechnungen oder ihre Blockaden und Beschränktheiten zu dokumentieren und auszudrücken - diese Arbeit, die zinnsoldatenähnliche Literatur zu beschreiben, wird von bleiernen Literaturhistorikern sowieso schon erledigt. Die eigentliche Frage war, "die zersprengten Bedeutungsnuancen zwischen Opfer und Mörder zu sammeln, und sie ihren entsprechenden Stellen zuzuweisen", den Mut zu haben und auszusprechen, dass nicht identitätslose, sondern charakterlose Gedichte geschrieben werden. Lieber Rimbaud, ich kann mir vorstellen, dass du manchmal verwirrt bist. Aber ein verwirrter Kopf schadet der Akustik des Gedichts, sei also auf der Hut!

Viele Worte können ein banales Lärmen sein - oder ein harmonisches Orchester bilden! Wenige Worte können Ängstlichkeit bedeuten - oder sie können ein Rezital sein! So manche Spielereien, die wir als die Kunst der Poesie definieren, eröffnen dir den Weg zu deinem eigenen Universum. Anderen werden sie aber lediglich beibringen, deinen Weg nicht zu versperren. Das allerdings ist völlig unmöglich, denn das "Spiel der Poesie" ist für seinen Dichter singulär, für seine Leser bringt es aber multiple Verwandlungen. Singuläre Verwandlungen sind wie das Muster genetischer Kods. Worte, die sorgfältig in Versform gebracht wurden, repräsentieren den Charakter eines Gedichts. Zwei Dichter, die die gleichen Worte verwenden, werden niemals das gleiche Gedicht schreiben. Wenn Neugeborene einander auch ähnlich sehen, werden sie mit der Zeit doch immer unterschiedlicher. Der Poesie ergeht es genau so. Die Gedichte junger Dichter sind sich ähnlich, aber mit der Zeit gewinnen sie an Individualität.

VI.

Eigentlich führe ich über keinen Schriftsteller Buch, dennoch würde ich behaupten, dass sie drei Kategorien bilden: die, die nebenbei arbeiten, die, die ausschließlich vom Schreiben leben und die, die mit Schreiben viel Geld verdienen. Die beruflichen Probleme derjenigen, die nebenbei arbeiten müssen, können gelegentlich zu Schwierigkeiten auf dem Gebiet der dichterischen Kreativität führen, positiv gesehen können jedoch berufliche Erfahrungen und der Jargon eines Berufes befruchtend auf die Poesie wirken. Diejenigen, die vom Schreiben leben, nehmen in der Regel geringes Einkommen und damit ein unterdurchschnittlich ausgestattetes Leben in Kauf. Nur leider behindern unbezahlte Stromrechnungen die dichterische Schöpferkraft auch.

Natürlich sind diejenigen, die mit ihren Werken viel Geld verdienen, in der glücklichsten Lage: Es ist unmöglich, sie nicht zu beneiden, denn sie können ihre ganze Zeit ihrem Beruf widmen. Aber ich denke, ihr hauptsächliches Problem ist, dass sie zu weit entfernt sind vom Kampf ums Überleben, vom Kampf ums Brot.

VII.

Gibt es etwas Schrecklicheres, als dass ein Schiff nach einem Anlegehafen suchen muss?

Was die Beziehung zwischen Schiff und Hafen definiert, dürfte in diesem Fall das Bedürfnis nach Zuflucht und Schutz sein - und zugleich die Unfähigkeit, den Wunsch nach einer systemkonformen Selbsterneuerung aus seinen Gedanken zu verbannen! Der Kapitän merkt bei diesem Antagonismus die Verluste nicht, merkt nicht, wie tief die Schrammen, die der ständige Gegenstoß verursacht, sind. Er vertieft sie sogar noch durch seine "Traurigkeit", weil er an der schmalen Grenze zwischen dem Banalen und dem Traditionellen seine Karriere zu sehr im Auge hat. Zugleich verkauft er diese Gratwanderung seiner Umgebung als Ehre.

Auch die Poesie ist - eingeklemmt zwischen dem Betrogenen, dem Betrüger und dem Grund des Betrugs - in der Hand seines Dichters in einer ähnlichen Lage. Der Versuch, sein Gedicht in einem Hafen unterzubringen, kann den Dichter nur zu einem Falschmünzer werden lassen, zu nichts anderem! Die Ehrlichen, die jedes Detail dieser widerlichen Betrügerei erkennen, haben allerdings keine konkreten Beweise, die diese literarische Schuld belegen könnten. Wenn man es aber nur spürt, wenn man nur auf seine Wahrnehmung gestützt operieren kann, wird eine solche Feststellung natürlich keiner akademischen Überprüfung standhalten. Was soll man in dieser Lage unternehmen, Rimbaud? Wie willst du dich und deine Poesie, die - wie ein Schiff auf stürmischen Wellen - in jedem Augenblick kentern kann, vor der Hysterie dieser feindlichen Furien schützen? Es reicht ja nicht, deine Poesie zu retten, denn das Wesentliche ist "die Poesie" an sich.

Man redet immer von der Haltung des Dichters, wie du weißt. Die Haltung des Dichters ist das respektvolle Porträt eines Menschen, der, aus politischer Identität geformt, bereit ist, die Opferrolle am Altar einer freien Welt zu spielen. Aber die Haltung des Dichters bedeutet: nicht Standfestigkeit unter Beweis zu stellen, die doch schnell erlahmen kann, sondern den Mut, gemeinsam und für sich selbst alleine auf den Beinen zu stehen, an dem Punkt, an dem Weltgeschichte und Menschheitszukunft aufeinander treffen, ohne aber die Menschlichkeit zu vergessen, die menschlichen Werte und Eigenschaften respektierend, fern von jedem Despotismus, die Dimensionen ständig ausdehnend. Das hat mit einem "Ernstwirken" nichts zu tun! Solange wir der Bedeutung [der Worte] und deren Ableitungen aufmerksam folgen, werden wir unsere Kraft aus einer geheimen Machtquelle schöpfen.

Gegen die, die das Lächeln aus unserem Gesicht, die Frechheit aus unserem Herzen und die Aufrichtigkeit aus unserem Gehirn ausreißen wollen, sollen wir nicht nur das Wort, sondern auch die Körpersprache entgegensetzen. Schlagen wir sie!

VIII.

Ich will Dir von Memet Fuat erzählen, Rimbaud!

Vielleicht hatte er mich auch nicht verstanden, aber ich glaube, er erahnte mich, als einer der wenigen, sehr gut. Natürlich habe ich die Jahre nicht vergessen, als ich meine Texte den literarischen Zeitschriften anbot und deren Redakteure sie zerrissen, mich herunterkritisierten und dafür eifrig nach einer bequemen Ausrede, nach einem passenden Vorwand suchten. Als nach einem großen faschistischen Schlag ihre Netzwerke sich im Nichts auflösten, ihre Identitäten verblassten, als man alles dafür tat, dass ihre Ausdrücke nur noch monotypisch wirkten, sagten die chaotischen Verszeilen eines Medizinstudenten, der von einem kommunistischen Maler prügelnd erzogen worden war, niemandem etwas - wenn doch, dann fand man sie bestenfalls "ehrlos". Die Klagen eines jungen Mannes, der seiner eigenen Gesellschaft beispiellos entfremdet war, und diese Entfremdung hinter seinen Worten lebte, wurden von den Systemverrätern nicht ernst genommen. Der Elfjährige, der von Ülkü Tamer davongejagt worden war, der Sechzehnjährige, den Kemal Özer weggeschickt hatte, kämpfte gegen literarische Serien in *Yazko Edebiyat* und mit der Literaturzeitschrift *Somut,* während er den Rauch der neuen Mentholzigaretten "Meltem", vor seinem Vater verheimlichend, in den Fluren der medizinischen Fakultät Cerrahpaşa in die Luft blies. Er liebte ein Mädchen: Sie hieß Canan. Seine Freunde sagten aber, er wäre schwul: eine Lüge! Er schrieb, ohne die Namen hinter den feinen Theaterstücken in seiner riesigen Bibliothek, hinter den Büchern des "d Verlages" und die - seiner Meinung nach - unbekannten Helden des "Hinter den Türen" zu kennen. Er sollte Arzt werden. Alle wollten das. In jenem zerbröckelnden Land wollten alle etwas von ihm - für ihren Vorteil und für die Befriedigung ihrer eigenen Egos.

Das Pseudonym küçük iskender [Alexander der kleine, Anm. der Übersetzerin] entstand zufällig. Seine Freunde sagten ihm ständig, er würde eines Tages groß werden und als sie das Adjektiv "groß" zusammen mit seinem Namen, İskender, sagten, verkehrte er diesen Namen ironisch: "Was heißt hier "büyük [der große] iskender"? Wenn überhaupt, dann werde ich küçük iskender." Lange Zeit lachte man darüber. Das war ebenfalls 1980.

Als der Junge eines Tages mit seiner Mutter in einem Geschichtsbuch über die Ermordung des realen Küçük İskenders sowie über die Taten dessen Vaters, Alexander des Großen, las, beschloss er, den Namen eines während einer Revolte ermordeten sechsjährigen Knaben zu tragen.

Als erster hatte Mustafa Öneş in *Milliyet Sanat* küçük iskender verunglimpft, in seiner Kolumne über junge Dichter: "Sag deinen Familiennamen", hatte er geschrieben, "und lass diese exzentrischen Allüren."

Man wollte den jungen Dichter in eine bestimmte Form pressen. Ebenso wie Kollegen seine Worte in seinen Gedichten in Form pressen wollten und seine eigenen Worte gegen neutürkische Worte ausgetauscht haben. Aber man wird nicht modern, wenn man aus *kelime sözcük* macht - worauf es ankommt, ist die Reformierung der Bedeutung.

Der Junge erinnerte sich an seinen ersten Roman (!): Auch Engel sind Teufel. Auf seinem Beschneidungslager. Er war nahe dran, zu hadern.

Als er die erste Nummer der *Adam Sanat* in den Händen hielt, hatte er gerade eine Pharmakologieprüfung abgelegt, die höchst wahrscheinlich erfolglos verlaufen war. Er fuhr mit dem Bus in Richtung Hisar, zum Teegarten Ali Baba. Ja, das war die letzte theoretische Prüfung. Wenn er sie bestehen würde, würde er bald Arzt im Praktikum sein und während er in den Krankenhausfluren im flatternden weißen Kittel voller Stolz dahinschwebte, könnte er darüber nachdenken, auf welchem Spezialgebiet er später arbeiten wollte: als Chirurg, Kinderarzt oder als Psychiater.

Er war Linkshändler und seine Hände waren klein: für die Chirurgie war er also geeignet. Aber er liebte auch die Kinder, er beschäftigte sich gern mit ihnen. Vielleicht würde er eines Tages Kinderarzt werden, einer, der sich als Superman verkleidet. Ein Kinderarzt, dessen Praxis an einen Zoo erinnert. Zweifellos würde er sich auch gerne mit Geisteskranken beschäftigen, denn er liebte sie. Nicht als eine Form des Hinnehmens, sondern als ein *modus vivendi*. Es gab aber auch Menschen, deren Behandlung er in der Klinik ungewollt störte. Solche, die sterben wollten, die den ganzen Tag Lieder sangen, die den ganzen Tag mit dem Ausdruck des Glücks im Gesicht herumliefen, die sich den ganzen Tag mit ihrer Sexualität beschäftigten, die den ganzen Tag wortlos dasaßen. Das war ein Chaos und hinter dem Rauch des Chaos' steckte jemand, der nach seiner eigenen Form suchte.

Er schrieb einen Brief an die Literaturzeitschrift *Adam Sanat*. Er schrieb - mit einem vorwurfsvollen Unterton -, dass er sich mit Dichtung beschäftigte, die Poesie sehr liebte und auch wenn man seine Gedichte nicht veröffentlichen würde, er doch beharrlich weiterschreiben würde. Dürfte er seinen Stuhl an Edip Cansevers Tisch stellen? Dürfte er auf der Stute Cemal Süreyas reiten? Dürfte er aus dem Wald İlhan Berks einen Baum stehlen? Nein!

Ja! Aus dem Stadtteil Maslak kam postwendend Antwort. Aus der Etage über die Firma "Paşabahçe". 1984, im Dezember, am letzten Tag vor den Schulferien. Man interessiere sich für seine Gedichte. Man wolle ihn kennen lernen. Darunter eine Unterschrift: Memet Fuat.

Der Umschlag lag dann doch monatelang in einer Ecke. Der junge Dichterkandidat hatte Angst. Er traute sich nicht anzurufen, er traute sich nicht hinzugehen. Er wollte nicht wieder erniedrigt werden. Er konnte sich von der Angst nicht befreien, wieder einmal erniedrigt zu werden, im winzigen Licht von Warnleuchten jener Menschen - diesen selbsternannten Meistern - abgeurteilt zu werden. Die Zeit verging und es wurde März.

Eines Tages, als seine Mutter sein Zimmer sauber machte, fiel der Umschlag auf den Boden!

Auf Drängen seiner Mutter, "Dieser Mensch schätzt dich, ruf' ihn an und zwar sofort. Ruf gleich an!", wählte der junge Dichter die Telefonnummer. Woher sollte er wissen, dass Memet Fuat nur mittwochs in die Redaktion des Verlags "Adam Yayınları" kam? Und dieser Tag war nun mal der große Mittwoch.

Die Stimme am anderen Ende des Telefons polterte freundlich: "Wo bleibst du denn?! Du musst sofort herkommen!"

***

Als ich durch die Tür jenes schönen Verlags trat und nach Memet Fuat fragte, zitterten meine Knie. Memet Hoca stand auf, knöpfte seine Jacke zu und streckte mir seine Hand entgegen:

"Sei willkommen!", sagte er und wies mir Platz. Ich setzte mich.

"Du wirst ein wichtiger Dichter werden", sagte er. "Aber entscheide dich. Entweder İskender Över oder küçük iskender. Wenn du mich fragst, würde ich küçük iskender nehmen. Du machst dich über alles lustig, auch über dich selbst."

In April 1985 wurden meine ersten Gedichte publiziert. Dieses Datum wurde zu meiner persönlichen, neuen Zeitrechnung. Jetzt, 2008, bin ich Dichter, seit dreiundzwanzig Jahren. Meine Mutter habe ich nicht gekannt, mein Vater ist Memet Fuat. Er war der Ziehsohn eines Meisterdichters [Nazım Hikmets, Anm. der Übersetzerin] - ich aber bin sein leiblicher Sohn.

Ich weiß, ich habe auch eine ältere Schwester: Latife Tekin. Ich glaube, ich habe ihr die Freude bereitet, die sie erwartet hatte. Sie wartete aber immer auch darauf, dass ich mich gesellschaftlich engagierte und diesem Weg treu bliebe. Aber ich hatte gelernt, Kunst wie ein Mann zu machen, und ich hatte die Ehre, dies bei Adam Sanat [wörtl.: Mann Kunst] tatsächlich zu tun. […] *Adam Sanat* war unter der Führung Memet Fuats vielleicht die letzte [literarische] Zeitschrift mit der Mentalität einer Lehrwerkstatt. Er hatte niemanden verletzt und niemandem gezeigt, dass er verletzt war. Die Gedichte, die ich ihm geschickt hatte, sammelte er - genau wie die der anderen jungen Dichter - in Ordnern und machte an den Rand der Blätter seine Notizen. Wenn er nicht dort war, schaute ich in meine Ordner und las seine Kritiken, die er mir nicht ins Gesicht sagen wollte. Er war nicht verletzend, er wies einem nett und freundlich den richtigen Weg. Sie müssen wissen: in Bezug auf junge Dichter hatte er niemals eine Kritik veröffentlicht.

Er öffnete den Dichtern eine Tür oder gab ihnen eine Lampe in die Hand, beschrieb den Weg und winkte ihnen stets freundlich nach. Hätte er sich nicht so verhalten, hätten all die jungen Namen, hätten wir alle bis heute immer nur das eine, gleiche Gedicht geschrieben. Ich werde deshalb nicht sagen, er war wie eine große Eiche - das können andere tun. Aber das Lächeln in seinem Gesicht und worauf alles dieses Lächeln eine Antwort gab - das nicht herauszufinden und deshalb eine eigenartige Beklemmung zu empfinden, war nicht jedes Verlegers Sache. Jenes Lächeln habe ich bei niemandem sonst gesehen. Ich begegnete so etwas nie wieder.

Wir hätten ihn mindestens auf einem Dorffriedhof auf seinem letzten Weg begleiten müssen.

Die Engel zumindest, die ihn im Himmel empfingen, hätten aufstehen und ihre Jacken zuknöpfen müssen.

Mindestens die Dichter, die er herangezogen hatte, hätten zusammenkommen müssen und aus Nazıms Gedichten, aber auch aus unseren erstveröffentlichten eigenen Gedichten vorlesen sollen. Mindestens einmal noch hätten wir "Mann" genug sein müssen und "Kunst" ... Um uns von unserer Berühmtheitsidentität zu läutern ...

Auf wiedersehen, mein Meister. Auf wiedersehen Melih abi. Auf wiedersehen Adnan Yücel. Ruht in Frieden. Ich werde für euch ein Glas Rakı trinken und zusammen mit Müzeyyen Senar ausschließlich bei Baudelaire Schutz suchen: Keine Bosheit bleibt blütenlos! Glaub daran, Rimbaud!

IX.

Ist die Einsamkeit ein Zustand, den der Dichter braucht? Der Dichter ist kein ekstatisches oder heiliges Peilgerät, so dass ihn der seelische Zustand der Einsamkeit definieren würde. Aber dass man die Einsamkeit als Ödnis empfindet, ermöglicht, dass die Kommunikation mit den Gegenständen große Bedeutung erlangt - das können wir nicht leugnen, Rimbaud. Leugne es also auch nicht! Die Einsamkeit der Worte ist die Folge der Institutionalisierung und der möglichen Offiziell-Werdung der Gier jener Lebewesen, die Worte benötigen. Der Widerspruch zwischen Wirklichkeit und dem Erlebten lässt dieses große Chaos, was zugleich das Elixier dieser enormen Disharmonie ist, außen vor und an seine Stelle tritt eine primitive Krise. Wenn das Universum schrumpft, ist das nicht eigentlich der Ausgangspunkt eines Steinfalls, der in Wirklichkeit die Höhe fliegt? Die Krise auf dieser Denkebene hat leider ihre konstruktive Wesensart längst eingebüßt, sie hat einen Zustand angenommen, der nur noch zermürbend ist und die Zeit herabwürdigt. Aber man sollte auch nicht vergeblich nach einem Schuldigen suchen. Denn es gibt keine Schuld, lediglich ein natürliches Abenteuer, dessen Anfang und Ende unbekannt sind.

X.

Hallo, Rimbaud,

lange Zeit habe ich dir nicht geschrieben. Wie ich gehört habe, wurdest du auf Reisen schwer verletzt und so sehr angegriffen, dass du glaubtest, das Meiste, was du getan hattest, wäre sinnlos, ja sogar überflüssig gewesen.

Glaubst du vielleicht, dass wir, die noch auf der Erde wandeln, keine Angriffe erdulden müssen?! Für den Feind sind Erdboden, Meere und Träume - wo auch immer wir uns befinden mögen - Lebewesen, für deren Vernichtung nichts unversucht bleiben darf. Deshalb spielt es keine Rolle, ob man jung ist oder erfahren oder sogar kompetent. Weil die anderen vor dem Licht des Modernismus' Angst haben, sind sie brutal, konservativ und noch dazu Moralisten. Die anderen hassen die Kraft der Poesie und sind deshalb gesellschaftlich engagiert - Lobbyisten und Profiteure. Manchmal springen sie hinterlistig aus dem Unterholz hervor und erwürgen einen, manchmal warten sie auf den Kadaver, von dessen Erwürgung sie bereits wissen. Also haben sie bestens geplant, wann sie Fuchs und wann sie Schakale sein sollen. Ihr Leben gewinnt mit der Vernichtung und Missachtung anderer Leben Gestalt.

Sei du bloß nicht traurig, Rimbaud - ich bin immer bei dir.

MEDUSAS SCHERE

Die Utopie hat kein Szenario

Warum entwirft man eine Utopie? Warum schreibt man sie auf und personifiziert sie?

Unmöglich, dass Menschen zusammenkommen, um von einer Utopie zu träumen, denn die Utopie handelt entweder von einem großen Abtritt oder von der Kompensation einer großen Einsamkeit, einer Unzufriedenheit. Sie ist Option einer "anderen Lebensform", die sich anhäuft und auf diese Weise Form annimmt, sich allmählich manifestiert, während sie sich über alle politischen Reden, Interpretationen und Hoffnungen erhebt und sowohl Regierung als auch Revolution missachtend, nicht vom Neuen, auch nicht von Anfang an, sondern bei Null - bei Erhalt aller Erfahrungen - die Saat für etwas bereitet.

Utopisten erwarten keine Katastrophen oder dass die Erde verbrennt oder vernichtet wird, sie sagen nicht, "gehen wir zu einer anderen Lebensweise über". Sie wollen nur, dass ein Traum als Traum existieren darf, dass er nie ausgedient wirkt. Das ist das Schöne und Fruchtbare daran. Denn mehr als der Körper des Menschen lebt sein Verstand. Der ist es, der die Adresse wechselt, sich fortbewegt, nach Identität sucht und nicht auf der Stelle treten will. Der Körper ist ein Sack aus Fleisch, der den Verstand trägt.

Die Utopie glaubt daran, das Richtige zu finden, deswegen gesellt sie sich auf ihrem Weg nicht zu der tyrannischen Realität. Die Wahrscheinlichkeit, dass die Realität eine Lüge ist, würde bedeuten, dass alle Träume jäh zu Ende gehen. Gesellschaft leisten dem Reisenden der Träume die unsterbliche Liebe, deren Schmerz oder vielleicht die Freude darüber - unterwegs sind sie seine Stützen.

Es gibt weder Entartung, noch ein Aufbrechen ins Universum, ebenso wenig ein vor- und rückwärts in der Zeit. Die Utopisten schlüpfen durch ein weißes Loch, das sie in einer riesigen Geschichtsschreibung aufgemacht haben, und lassen ihre Heimat, ihre Gewohnheiten, all ihre existenziellen Bedürfnisse und ihre 21 Gramm schwere Seele zurück, sind geradezu wie ein "Heimatloser" - in dem selbstgewählten Abenteuer natürlich allein.

Erinnern Sie sich an den Film "Terminal"? In diesem Film, der auf der Grundlage einer wahren Geschichte entstanden war, ist nicht der Einwanderer der Held. Der Flughafen, den man als einen Zwischenraum definieren könnte, wo jeder ein anderes Ziel hat und jeder woanders hinfliegt oder sich auf einen Flug vorbereitet, erschafft seine eigene Utopie. Und jener angeblich so "Unglückliche" wird zunehmend zu einer Ikone, beneidet, denn er wird zu einem Symbol der Freiheit. Weder die sanktionierenden Mächte des Staates, noch die gesellschaftlichen Druckmechanismen entmutigen ihn. Ja, und weil dieser Film ein US-Produkt ist, ist das Wesentliche - auch wenn es so dargestellt wird, als ob die Utopie ein wenig amerikanischen Boden erobern wollte -, dass er eine Welt "dazwischen" kreiert.

Einsamkeiten sind Zivilisationen. Jeder einsame Mensch errichtet seine eigene Zivilisation. Aber diejenigen, die ohne Utopie leben, sind in Wirklichkeit "Waren", auch wenn sie glauben, "im Besitz des Volkes" zu sein. Denn sie sind leicht zu kaufen und zu verkaufen. Nicht nur, dass sie sich nach dem Winde drehen und wenden, sie betrachten ihre unbedingte Folgsamkeit auch noch als ihre Aufgabe. Das halten sie für Status, Karriere, Erfolg, sogar für Glück und Luxus. Die Natur ist für sie eine Blume im Topf am Fensterrand, die wärmenden Strahlen der Sonne das Solarium, das Bedürfnis zu Teilen reicht bei ihnen nur bis zu einer getrennten Toilette für sich und die Ehefrau, neben dem Schlafzimmer. Pürierte Leben sind nicht mehr das Hauptgericht, sondern die Garnitur. Im Mülleimer, der hastig durchwühlt wird, sind die Träume, die man seinerseits entsorgt hatte - die Utopie ist leider nicht mehr auffindbar. Und manche der entsorgten Dinge sind überdies krebserregend: Die in den Müll geworfenen Utopien verursachen Seelenkrebs. Auch wenn das Träumen erlaubt ist, ist der Preis dafür, dass man seine Träume auf den Müll geworfen hatte, enorm. Ohne Träume zu leben, macht den Menschen auf jeden Fall krank.

Das Blindenalfabet Oğuz Atays

Warum ist es nur so, dass der Mensch zu Beginn seines Lebens, also als Kind, verletzt wird und dann sein Leben lang versucht, diese nicht heilen wollende Verletzung doch zu heilen?

Es handelt sich um eine mysteriöse Verletzung, die nicht tötet, aber behindert, die ein gewöhnliches Trauma in einen extremen Überlebenskampf verwandelt - jenseits aller Diagnosen Freuds. Denn es geht um eine andere Art von Begegnung, um eine andere Art von Berührung. Mag die Naturwissenschaft für all das eine Erklärung haben - das lebende Wesen, das in jenem Kommen und Gehen seine Existenz durch die Welt unter Beweis stellt, ist, wenn es blutig aus dem Körper seiner Mutter tritt, nicht das Ergebnis einer einfachen Geburt: Das Neugeborene ist verletzt.

Es ist verletzt, zudem wurde es verraten und deshalb kam es - völlig natürlich - weinend auf die Welt. Das ist in Wirklichkeit keine Geburt: Es wurde in die Welt hineingeworfen. Alle Werte, an die es geglaubt, bei denen es Zuflucht gesucht hatte, wurden ihm aus der Hand genommen und es wurde als eine sprachenlose Fleischmasse geächtet. Es gehört keiner Hierarchie an, denn es ist eine abgenutzte Seele. Mallarmé nennt sie "entleerte Materialien" - und das trifft tatsächlich zu: Die früheren Eintragungen wurden gelöscht, dann die Fähigkeiten nacheinander zurückgenommen und dieses entstehende Leben wurde ausrangiert wie eine Schlacke, in die man keine Hoffnung mehr setzt.

Nicht das zu erfahren, sondern es zu verstehen kostet sehr viel Zeit: Was muss an die Stelle der Verwunderung über das Neue treten? Die Akzeptanz oder die Konsultation durch Begriffe? Erst richtig schwer ist das Verstehen, wenn man um die zwanzig Jahre alt ist. Und noch mehr, wenn dieser zwanzigste Geburtstag 1984 in einen Zeitabschnitt gesellschaftlichen Schocks gefallen ist, in der "George Orwells Dimensionen oder Militärmacht in der Türkei" die einzigen Alternativen waren, und in diesem postmodernen Chaos ich niemanden zu Rate ziehen konnten. Der Zwang, einen Helden zu erschaffen, ist in solchen Lagen wahrscheinlich unvermeidlich. Tom Sawyer und Huckleberry Finn, die mich seit meiner Kindheit fasziniert hatten, brachten mich auf die Frage, ob ich wie Tom bin, der Wohltätigkeitseifer in Nutznießerei ummünzt, oder eher wie Huckleberry, der statt für eine hohe Position zu kandidieren, durch seinen Trieb "des einfachen Mannes von der Straße" vorzieht, ein Komplize zu sein und zu bleiben und in der Menge untertaucht? Diese Frage verlangt immer mehr nach lokalen Eigenarten und einer persönlichen Echtheitsgarantie. Das Militär und die Panzer auf den Straßen, die wir aus den Fenstern sahen, kann man mit einer Erklärung á la Mark Twain leider überhaupt nicht deuten. Diese Zweiteilung, dieses Chaos im "Tom und Huckleberry", kann auch mit den antagonistischen türkischen Volkskomödienfiguren Kavuklu und Pişekâr nicht aufgehoben werden, denn es verlangt den hohen Preis einer urbanen Bewusstseinspaltung, den Preis, ein Städter zu sein. Unser Held kann nicht wie in Amerika - etwa wie die Figur Peter Parkers - auf Wolkenkratzern auftauchen und die Gewalt und Wucht seiner Einsamkeit hinter der Erforschung von Comics verstecken. Sein eigenes Blutgeld zu bezahlen, wird ihn als einen Intellektuellen des Nahen Ostens, der zum Orientalismus verdammt ist, über den türkischen Literaten Oğuz Atay führen, über dessen Roman "*Die Haltlosen*": Selim zu sein, Turgut zu sein, Olriç im Labyrinth der Schizophrenie für ein unschuldiges Geschöpf zu halten und ihm nachjagen, wird dem zwanzigjährigen Helden vor seinen zwanzigjährigen Helden Respekt einflößen. Nicht, weil diese allzu mutig wären, sondern, sondern weil sie sich irrten.

Der türkische Literat Oğuz Atay hatte damals die ganze Jugend seines Landes verrückt gemacht. Sein Roman "*Die Haltlosen*" schien geradezu für die nächste Generation geschrieben worden zu sein, denn er schien alle Menschen, die darin vorkommen, abzulehnen. Der Roman birgt eine heimliche Leidenschaft, eine heilige Schrift zu sein, und verfügt über eine Struktur, die ein Gegenstück zum Mystizismus des Chaos' ist. Es gab tatsächlich niemanden, der den Roman "*Die Haltlosen*" gelesen und verinnerlicht und dann Halt gefunden hätte. Die Leser sind alle die Figur des Selim - sie konnten das "Haltfinden" mit ihrem Stolz nicht vereinbaren. Diejenigen aber, die den Roman gelesen hatten und trotz allem Halt fanden, sind alle Turgut: sie machen sich über die Disziplin des Lebens lustig, scherzen über alles. Wie eine schwarze Waffe wurde dieses unerhörte Vorurteil in die Hände von Menschen gedrückt, die so denken wie ich. Diese Waffe zu tragen, sorgte dafür, dass wir uns beschützt fühlten und sie war auch eine einmalige Stärkung für uns, um den Unterschied zwischen "alt und neu" zu erkennen.

***

Unsere Wohnung war klein; außer der Toilette, der Küche und dem Wohnzimmer gab es das Elternschlafzimmer sowie ein Zimmer, das ich mit meiner Schwester teilte. Dieses Zimmer diente nicht nur zum schlafen, es war auch eines der Räume, den wir für unsere täglichen Arbeiten nutzten. Meine Schwester schlief in einem Ausziehbett und ich in einem Anbauteil, das man abends T-förmig an das Ausziehbett andocken konnte. Wenn meine Schwester, Elif, schlief, durfte ich kein Licht im Zimmer haben. Vor dem Fenster stand in einer Nische ein Aquarium auf einem Tisch mit einer Glasplatte. Bei diesem schwachen Licht las ich den Roman "*Die Haltlosen*" - einerseits hastig, andererseits voller Angst, dass es bald zu Ende gehen würde. Es war das erste Buch, in dem ich Zeilen unterstrich. Es waren jene Zeilen, in denen ich mich selbst widerfand, in denen ich Trost und Zustände fand, die meiner Melancholie ähnelten. Ich unterstrich sie mit einem Bleistift. Nicht in der Hoffnung, dass sie eines Tages vorbei gehen würden, sondern mit der Zuversicht, sie einmal ändern zu können: "... ob es dir passt oder nicht, wirst du mir beim Zuhören Unrecht tun. Weil du nur die einfache Seite der Geschichte kennen gelernt hast, wirst du mich auf eine gewisse Art und Weise ausnutzen. Wenn du keine Ähnlichkeiten findest, umso schlimmer."

Heute noch denke ich darüber genauso. Diese Zeilen, die ich damals dick unterstrichen hatte, haben eine seelische Verwandtschaft mit einem Abfall, der vom Schicksal vorbestimmt zu sein scheint. Vielleicht wurden wir in einer blutigen Region, in der eine Spur von Unschuld in der zwangsweisen Ausbeutung zu finden ist, in den Zustand eines "*Grind House Stil*" befördert - aber die Musterbilder der Beschwerden, die den Schmerzen entsprechen, sind konstant geblieben. Es sind keine akuten Schmerzen, die uns quälen - alles ist chronisch. Es sind gesammelte, sehenden Auges erlebte Leiden, mit dem Charme einer Inbesitznahme - und ja, eine nur allzu christliche Wahnvorstellung: "*In den Worten ,Du sollst dich gegen das Böse nicht wehren' spüre ich eine große Erleichterung. Mir scheint, dass die wirkliche Freiheit durch dieses "Sich-Nicht-Wehren" erlangt werden kann. Also darf der Mensch diesen Satz Jesu für keine Sekunde vergessen. Sonst sind alle Bemühungen vergeblich. Wenn man sich für einen Augenblick seinen Gefühlen überlässt und beginnt, sich zu wehren, wird man am Ende wie ich. Man weiß nicht mehr, wohin man sich wenden und wen man angreifen soll.*"

War Oğuz Atay mein Held oder hat mich einer der Romanhelden, die durch die ganze Handlung geschleift werden, beeindruckt? Anstelle einer Antwort auf diese Frage habe ich immer schon bevorzugt, ein ähnliches Verlorengehen zu akzeptieren. Ich hatte mir vorgestellt, dass der türkische Literat Enis Batur und Oğuz Atay sich nahe stehen - zumindest, dass sie in einer virtuellen Verwandtschaft zueinander stünden. Aber im Nichtverbotenen, im Normalen, gab es auch eine Metasprache. Nur konnte die unbekannte Geschichte, die sich entfernte, sich mir entzog, sich im Nichts auflöste, mich nicht mit Oğuz Atay oder mit "*Die Haltlosen*" abgrenzen. Mit der Zeit wurde auch ich zu einem Helden der sich entfernenden, sich entziehenden und sich im Nichts auflösenden Geschichte. So wie eine Wolke, deren Aufgabe es ist, abzuregnen. Eine Wolke, die Held einer gewöhnlichen Geschichte über dem Himmel ist, wurde ich zum Helden eines Lebens, das ich nur zu leben glaube, weil ich es schreibe.

Ja, das gibt es - auf diesem Planeten ist ein anderes Leben möglich. Man benötigt dafür nicht einmal eine philosophische oder politische Kurskorrektur - es hat allein mit der Entscheidung zu tun: Versöhnt mit der Definition, dass Freiheit auch bedeuten kann, von seinem Recht der Verweigerung gebrauch zu machen und das Outsein hinzunehmen. Zu einer Zeit, als alle Helden und Heldenkandidaten gleich sind, ohne der Held von irgendjemandem zu sein. Denn: "*Sie verlangen von euch Definitionen: um dann mit der gleichen Definition euch an den Kragen zu gehen.*

Wenn ihr keine Definition habt, dann lassen sie euch nicht zu Wort kommen. Wir können uns nicht mit Unsinn abgeben - heißt es dann. Wir können niemandem die Freiheit lassen, Unsinn zu reden. Die Freiheit des Unlogischen können wir nicht billigen. Und wer die Definition liefert, fällt in die Grube, die für ihn vorher schon ausgehoben worden war" - hatte Oğuz Atay geschrieben. Auch ich wollte undefiniert sein - sowohl undefinierbar als auch undefiniert. Als aber der Putsch von 1980 ohne Erlaubnis in mein 17-jähriges Leben getreten war, verstand ich, dass das keineswegs eine ungewöhnliche Lage ist, sondern vielmehr die Daseins- und Denkform eines Landes. Diejenigen, die auf meine Fragen hätten Antworten geben können, waren entweder unter Folter oder wurden gehängt oder lebten im Exil. Als ich die Antworten auf meine Fragen bei Oğuz Atay fand (später auch in anderen seiner Bücher), als ich entdeckt hatte, dass Einsamkeit nicht himmlischen, sondern irdischen Realitäten entspringt, als ich die Schlüssel der Mathematik und der Rationalität, die die Tore der Fantasie öffnen, entdeckt und versteckt hatte, begann ich mehr als einen der Helden dieses Mannes, der zu meinem Wegweiser geworden war, und seine Begeisterung zu mögen. Die Tatsache, dass sein Gehirntumor ein nie veröffentlichter Romanentwurf war, hat meine diesbezügliche These nur noch erhärtet.

Jetzt sind mir keine Helden mehr geblieben. Ich bin zurzeit sehr beschäftigt, denn ich habe die Koordinaten des Verrücktwerdens bestimmt und kraft der Überlegung, dass "*ein Dichter mit dem Leben Liebeck, mit Gott Dreieck*" spielt, arbeite ich unentwegt an dem Nichts, in dem jeder gleich ist, so wie er es verdient. Oder ich bin dabei, mein letztes Opfer zu zerstückeln. Eins von beiden also. Und was Oğuz Atay betrifft: welch ein Glück, dass es von ihm keine Nachrichten gibt.*

* Anspielung an Oğuz Atays Erzählung »Die Bahnarbeiter«. Deutsch in: Caner, Beatrix: Alles Blaue, alls Grüne dieser Welt, DTV, München 2008

Konturen, widersprüchlich ...*

Nachwort von Beatrix Caner

"Es gibt Dichter, die wir bitten, uns sinken zu helfen, unser höhnisches Grinsen anzustacheln, unsere Laster oder unsere Bestürzung zu verschlimmern. Sie sind unwiderstehlich, sie sind wunderbar demoralisierend ..."
(Emile Michael Cioran)

"Seit meiner Geburt trage ich Trauer"

Als küçük iskender - er schreibt seinen Dichterpseudonym klein - seine ersten beiden Gedichtbände gegen Ende der 1980er Jahre im Verlag Adam Yayınları publizierte, war die türkische Literaturszene - teils offen teils heimlich - schockiert. Grund dafür war wohl in erster Linie die Person des Debütanten, die so gar nicht in das Weltbild der entmachteten Leitfiguren der türkischen Literaturszene passte. Immerhin mussten seine Eigenheiten vor einer Matrix interpretiert werden, die in der politisch-gesellschaftlichen Lage der Türkei begründet erscheinen, nämlich in den umwälzenden Folgen des Militärputsches von 1980. Einerseits waren die Gedichte dieses jungen Unbekannten dichterische Hochleistungen, zeugten von einer fundierten und einzigartigen Bildung, gleichzeitig von einer ungewöhnlichen poetischen Kraft. Sie waren Ausdruck eines auf beispiellose Art rebellischen Geistes, einer skandalös-radikalen Auflehnung gegen jegliche Form von Unterdrückung und jede noch so kleine faschistoide Regung. Seine Gedichte waren gleichzeitig Zeugnisse einer zerbrechlichen Persönlichkeit und einer mühsamen Identitätssu-

* In Anlehnung an E.M. Cioran: Widersprüchliche Konturen

che, die - so musste man damals annehmen oder befürchten - jeden Tag in einer Selbsttötung enden konnte. Überdies bekannte sich der Dichter offen zu seiner Homosexualität. Und all diese - als Widersprüche empfundenen - Eigenheiten schienen für die etablierten Schriftsteller meistens nicht zusammenzupassen oder aber literarisch unvertretbar zu sein. So schlug ihm demnächst eine Welle der Ablehnung und Herabwürdigung entgegen.

Die persönliche und künstlerische Entwicklung Derman İskender Övers - küçük iskenders bürgerlicher Name - wurde von drei Faktoren wesentlich bestimmt: von einem despotischen Vater, von dessen Bibliothek, die für türkische Verhältnisse mit besonderen (meist verbotenen) Werken bestückt war, und vom Militärputsch im Jahre 1980.

Der Vater, Derviş Över, war in der Türkei eine bekannte Persönlichkeit - als Kunstmaler und als Kommunist. Als Absolvent der Kunstakademie von Istanbul war er dafür prädestiniert, zu der Elite der türkischen Gesellschaft zu gehören. Seine Familie und die Familie seiner Ehefrau waren tatsächlich großbürgerlich und europäisch orientiert. Doch war das Familienleben trotzdem alles andere als sorgenfrei und harmonisch. Der Vater war zuhause ein Despot, der seine Frau und seine Kinder schlug und eine ganze Reihe von strengen Regeln und Verboten aufstellte. So durfte iskender nicht außerhalb der Wohnung spielen oder Freunde zu sich einladen. Wohl auch deshalb begann er in sehr frühen Jahren schon die Bücher aus der Bibliothek seines Vaters zu lesen.

Diese Bibliothek war etwas Besonderes. Obwohl in der Türkei viele Bücher, insbesondere "kommunistische" Werke verboten waren, verfügte der Vater über einen reichhaltigen Bestand an marxistischen und anarchistischen Werken. So lernte iskender als Kind schon Grundwerke sowohl des Marxismus als auch weiterer linker Theorien kennen. Dabei handelte es sich sehr wohl um niveauvolle, erstrangige Werke und Autoren der einschlägigen Literatur. Bakunin gehörte ebenso dazu wie Boris Vian oder Ilja Ehrenburg, aber auch türkische Autoren wie Oğuz Atay, der die Entfremdung der Intellektuellen in modernen Staaten brillant thematisierte.

Unter dem Einfluss dieser Autoren und deren Bücher entwickelte sich die literarische Grundhaltung des angehenden Dichters ebenso wie sein sicherer, unfehlbarer stilistischer Spürsinn. Seine Dichterpersönlichkeit erhielt aus dieser Bibliothek grundlegende Impulse und seine Haltung feste Konturen.

Das Studium der Medizin fällt in die 1980er Jahre und ist sicher mehr als ein unbedeutendes Intermezzo. Offenbar auf Wunsch der Familie studiert iskender an der berühmten medizinischen Fakultät Cerrahpaşa, bricht aber kurz vor dem Examen dieses Studium ab, wechselt in das Fach Soziologie, verlässt allerdings die Hochschule erneut ohne Abschluss. In dieser Zeit scheint sein Entschluss, Dichter zu werden, fest zu stehen.

Möglicherweise hätten weder der despotische Vater noch die gelesenen klugen Werke ausgereicht, um den zünden Funken für eine dichterische Karriere zu ergeben, wenn nicht der Militärputsch von 1980 alles in eine verheerende Richtung gesteuert hätte.

Zunächst war dieser Putsch für die Familie Över eine private Katastrophe: viele Parteifreunde des Vaters wurden verhaftet und zum Teil schwer gefoltert. Diese Situation war für Derviş Över so unerträglich, dass er seine Familie in dieser eh schon schweren Situation verließ. iskender, der von seinem Vater ein verantwortungsvolleres Verhalten der Familie gegenüber erwartet hatte, war darüber so empört und enttäuscht, dass er den Kontakt zu ihm abbrach. Erst Jahre später hat er über diese Umstände in einem Zeitungsartikel offen berichtet. Wie er in einem späten Gedicht 2004 - Jahre nach dem Tod des Vaters - schrieb, haben andere seinen Vater begraben.

Der Militärputsch und seine Folgen, die Einschnitte im privaten Leben des jungen Mannes gaben seiner Persönlichkeit einen - wenn auch nicht letzen, so doch entscheidenden - Schliff. Denn küçük iskenders Debüt fiel in eine politische Ausnahmezeit. Der besagte Militärputsch von 1980 krempelte die Türkei so gründlich um wie kaum ein anderes Ereignis je zuvor. Zwei Jahrzehnte Chaos, Terror und gesellschaftliches Desaster wurden vom türkischen Militär mit einem Schlag beendet. Bei diesem dritten Putsch innerhalb von 30 Jahren war die militärische Führungsriege entschlossen, die Weichen so zu stellen, dass gesellschaftliche Entwicklungen nicht mehr aus der Kontrolle gerieten.

Auch dieses Mal wurden die meisten Intellektuellen des Landes - allen voran die Schriftsteller - inhaftiert und viele von ihnen wurden zu einer Gefängnisstrafe verurteilt (allerdings muss man vermerken, dass auch viele führende Politiker des Landes verhaftet wurden und viele von ihnen eine Haftstrafe verbüßen mussten, manche wurden mit einem Berufsverbot belegt). Wer es nur irgendwie einrichten konnte, flüchtete ins westliche Ausland: nach Deutschland, Schweden oder Frankreich. Die Schriftsteller, die in der Türkei geblieben waren und die um die Mitte der 1980er Jahre nicht in den Gefängnissen saßen, haben sich eine Selbstzensur auferlegt und äußersten sich nur vorsichtig zu politischen Themen. Institutionell hatten sie sowieso schon eine ganze Reihe Einbußen hinnehmen müssen: Die Autorengewerkschaft wurde aufgelöst, mehrere Berufsverbände verboten, ebenso eine Reihe von literarischen Zeitschriften, die sich mit einem politischen Profil etabliert hatten.

Die meisten der türkischen Schriftsteller waren davon überzeugt, dass unter solchen Repressalien keine Literatur mehr möglich sei. Trotzdem tauchten in den 1980er Jahre zwei herausragend wichtige neue Namen auf dem "literarischen Himmel" der Türkei auf, die dafür prädestiniert erschienen, ein großes Werk zu erschaffen: Orhan Pamuk und küçük iskender. Während Orhan Pamuk von manchen türkischen Kollegen sehr schnell als Nutznießer des Putsches abgestempelt wurde, konnte man küçük iskender nicht so eindeutig in eine bestimmte Ecke stellen.

Das Debüt küçük iskenders war für die etablierten Kollegen aus mehrerer Hinsicht eine Herausforderung. Er stammte aus einer bekannten, großbürgerlichen Familie, war rebellisch, dennoch schien er sich ideologisch nicht verpflichtet zu haben, sondern auf eine ungewohnte Weise individualistisch zu sein. Er lebte seine Homosexualität offen und stand dem ebenfalls homosexuellen Dichter Ece Ayhan, der damals sehr berühmt war, nahe. Was lag da näher, als den Debütanten als "marginal" abzustempeln. Marginal: weil nicht nur homosexuell, sondern auch anarchistisch, konsequent eigentümlich, überdies exzessiv zerstörerisch und subversiv. Dabei konnte die alles entscheidende Frage "links oder rechts?", nicht beantwortet werden. Einen neuen Dichter zu akzeptieren, der seine bürgerliche Herkunft abstreift, seine radikale Haltung ohne politische Stellungs- und Rücksichtsnahmen verkündet, der zudem mit den Größten der Weltliteratur vergleichbar ist, schien für Kollegen nicht ohne Weiteres akzeptierbar zu sein - insbesondere in der gegebenen politischen Situation.

küçük iskenders Kühnheit, sich nicht zu verstellen und sich nicht bei den arrivierten Kollegen anzubiedern, stattdessen ein "*Seismograph des Verfalls*" zu sein, hat die türkische Literaturszene (lange Zeit) nicht verstanden. Dennoch: eine ganze Reihe wichtiger literarischer Preise, eine treue Leserschaft und An-hänger zeugen heute davon, dass küçük iskender inzwischen ein anerkannter und akzeptierter Dichter ist. Einladungen zu Seminaren an türkischen Hochschulen beweisen, dass seine Ansichten über die Literatur mittlerweile auch in akademischen Kreisen ernst genommen werden.

***

Intensive Unterstützung fand küçük iskender am Anfang seines literarischen Weges bei Memet Fuat, der Herausgeber einer - im Nachhinein angesehenen - Literaturzeitschrift (Adam Sanat) war, und der den gleichnamigen Verlag (Adam Yayınları) mitbegründet hatte. Memet Fuat, der Adoptivsohn des weltberühmten Dichters Nazım Hikmet, war in der türkischen Literaturszene selbst oft auf das Heftigste angefeindet worden, denn man unterstellte ihm Elitarismus. In Wirklichkeit war er allein auf literarische Qualität bedacht - eine Haltung, die in politisch akuten Zeiten auf wenig Vorliebe stößt. Memet Fuat ebnete den Weg küçük iskenders auf vielerlei Weise - was dieser ihm in einem Essay, das wir in dieses Band aufgenommen haben, dankte.

"Die Einladung zur Lektüre [...] müsste man mit einer Sperrklausel versehen: Nur für radikale Minoritäten geeignet." *

Schon am Anfang, als noch das Thema der Selbstsuche und der Selbstdefinition die Gedichte des jungen Dichters dominierten, war die außergewöhnlich hohe dichterische Qualität klar zu erkennen und auch, dass er sich nicht nur zu den Größten der türkischen Literatur gesellen, sondern seinen Platz auch in den Reihen der Weltbesten finden würde. Mehr noch als diese Themen zog seine symbolträchtige, aber gleichzeitig unkonventionelle und oft auch subversive Sprache die Aufmerksamkeit auf sich, denn sie war einerseits präzise, andererseits scharf wie eine Handschar, rationell, verletzend aber glasklar. Sie wirkte in der türkischen Literatur wie eine boshafte Attacke. Ciorans Feststellung in Bezug auf die Sprache eines guten Literaten ist für küçük iskender programmatisch: "Keine literarische Originalität ist möglich, wenn man die Sprache nicht foltert, wenn man sie nicht zermalmt."

Dieser Devise schien küçük iskender von Anbeginn an zu folgen und er definiert die Sprache als seine Identität: "In Wirklichkeit war ich Wort / doch nicht mal als Laut wurde ich wahrgenommen."

In dem frühen Gedicht "Meridiane meiner Welt" ist bereits das ganze Spektrum einer sprachgewaltigen Radikalität präsent, die als Kennzeichen küçük iskenders gelten kann. Und bereits dieses frühe Gedicht beweist, dass die Frage, ob Anarchie und Lyrik zusammen möglich sind, bejaht werden kann.

Dieses Gedicht, das als eine langatmige Bestandsaufnahme persönlicher Erfahrungen, gleichzeitig als eine dichterische Standortbestimmung und gesellschaftliche / politische Stellungnahme gelesen werden kann, verweist schon sehr früh auf eine - vielleicht nur zufällige - literarische Seelenverwandtschaft, auf eine Parallele: auf Paul Celan.

Diese Parallele erscheint mir deshalb bedeutend, weil küçük iskender, der sehr viele Literaten als seine Vorbilder be-

* (Benoit, Christel: Der Zirkus der Einsamkeit. Hamburg 1999, S. 3.)

nennt, Paul Celan nicht erwähnt. Dabei sind sprachliche und thematische Ähnlichkeiten - ja, geradezu Entsprechungen - besonders augenfällig.

Paul Celans Gedichte werden als "dunkel" und "hermetisch" bezeichnet - das gilt für die Dichtung küçük iskenders ohne Einschränkungen. Die vielfach entfremdeten, zu neuen, auf den ersten Blick disharmonisch wirkenden Zusammenfügungen stilisierten Wort- und Satzkonstruktionen und die verletzende, dennoch sehr bildhafte Sprache beider Dichter drückt persönliche Betroffenheit, Trauer und gleichzeitig Widerstand aus. Und beide Dichter lehnen "das System" ab, beide kommen damit und darin nicht zurecht.

Diese Art des Umgangs mit der Sprache zeugt von einer intensiven Auseinandersetzung mit der tieferen Bedeutung der Begriffe, oft bis in die letzte Konsequenz der Handlung, die die Worte beschreiben sollen. Das Entziffern verlangt von dem Leser ein ebenso intensives Mitdenken. Dennoch: die Aussageintention erschließt sich aus der ungewohnten Form und aus den ungewohnten Sinnkorrelationen und man erahnt und erfühlt, dass hier die Totalitarität eines etablierten Systems in Frage gestellt wird.

Dieses System benennen beide Dichter als "Faschismus". Während Celan mit dem deutschen Faschismus sehr konkrete und tragische Erfahrungen gemacht hatte, stehen derartige Erfahrungen küçük iskenders - zumindest auf den ersten Blick - nicht zur Diskussion. Doch sein persönliches Empfinden ist dem Celans sehr ähnlich gelagert, denn die Zeit der Militärregierung war für ihn schmerzhaft prägend. Jene allgemeine Haltung, die manche religiös-konservative Kritiker bei ihm - mitunter aber auch er selbst - als "Underground" bezeichnen, ist letztlich ein Standpunkt jenseits der realen, wohlgeordneten bürgerlichen Gesellschaft. Dass darin weder Celan seinen Platz gefunden hat noch küçük iskender ihn findet, ist nur allzu konsequent. Auch der letzte Schritt, die Flucht in eine Utopie, ist beiden nicht möglich. Celan hat die Möglichkeit einer wie auch immer gearteten Utopie (er schrieb konsequent U-topie) stets ausgeschlossen, küçük iskender kommt nach Abwägung des "Für und Wider" zu dem Schluss, dass

Utopie als eine virtuelle Flucht, als ein Ort jenseits aller Systeme und vor allem als ein Traum denkbar sein müsste. Als ein Ort, an dem alle staatlichen Gesetze und vor allem ihre Durchsetzungsgewalt aufgehoben ist. Vielleicht ist eine solche Utopie heute eher denkbar, als zu den Zeiten Celans. Ein Trost wird das sicher nicht sein.

***

Mit diesem kleinen Band erhalten deutsche Leserinnen und Leser erstmalig Einblicke in das poetische Universum eines ungewöhnlichen türkischen Dichters. Mögen die Ausführungen zu den Einflüssen, die ihn prägten und die kurzen Hinweise auf seine poethologischen Mittel eine Anregung für freie Interpretationen sein. Eine Analyse seiner Gedichte wäre ein "falscher Umgang", eine Nichtachtung seines Wunsches, undefiniert und unkategorisiert zu bleiben. Wie Cioran es ausgedrückt hat: "Ein Gedicht auseinander zu nehmen, wie man ein System zergliedert, ist ein Verbrechen, ja ein Sakrileg."

Glossar

Adam Sanat	türk. Literaturzeitschrift ab 1985, Hrsg. Memet Fuat
Adam Yayınları	von Memet Fuat mitbegründeter Verlag
Adnan Yücel	türk. Schriftsteller (1953-2002)
Azrail	Erzengel, der die Toten ins Jenseits begleitet
Bakunin, Michail	Revolutionär und Anarchist, Denker und Organisator der anarchistischen Bewegung (1814-1876)
Baudelaire	franz. Schriftsteller, Wegbereiter der literarischen Moderne (1821-1867)
Celan, Paul	1920-1970, jüdischer Dichter, aus Rumänien stammend, lebte in Deutschland und in Frankreich, wo er auch starb.
Cemal Süreya	türk. Dichter und Essayist (1931-2990)
Cerrahpaşa	medizinische Fakultät der Istanbul Universität
Cioran, Emil Michael	rumänischer Philosoph (1911-1995)
D Verlag	eigentl. D Yayınları, türk. Literaturverlag
der einzige Weg	ist die Losung der Kemalisten, die die Ideologie Atatürks als den "einzigen Weg" der modernen Türkei sehen.
Der Fall von Paris	Roman von Ilja Ehrenburg, 1942
Der Schaum der Tage	Roman von Boris Vian, 1946
Die Haltlosen	original: Tutunamayanlar, Roman von Oğuz Atay, 1972
ebru (sanatı)	eine asiatische Kunstart, Herstellung von kunstvoll marmoriertem Papier mithilfe von Leim und verschiedenen Farben.
Ece Ayhan (Çağlar)	türk. Dichter, (1931-2002), Mitglied der Strömung "Zweite Neue"

Edip (Cansever)	türk. Dichter (1928-1986), Mitglied der Strömung "Zweite Neue"
Ehrenburg, Ilja	Schriftsteller (1891-1967)
Euphrat	der größte Strom in Südostanatolien, hat auch historische und kulturelle, natürlich auch symbolische Bedeutung.
ezan	Gebetsruf des Muezzins
Grind House (Stil)	amerikanische Kinos, die sich auf die Vorführung von Horrorfilm spezialisiert haben.
Handschar	traditioneller arabischer Krummdolch bzw. Krummschwert (je nach Länge). Die Klingen sind fast ausschließlich handgeschmiedet, zweischneidig und gehören in manchen Regionen Arabiens zu der Tracht der Männer zwingend dazu.
Hisar	wörtl. Festung; Stadtteil in Istanbul; konservative türk. Literaturzeitschrift in Ankara.
hoca	Anrede für islamische Geistliche und oft auch für Lehrer.
Ilhan Berk	türk. Dichter und Essayist (1918-2008)
Islambul	so nennen viele Muslime Istanbul
Kavuklu und Pişekar	traditionelle Figuren der Ortaoyunu (türk. - Volkstheater, spielt im Zuschauerraum), bilden als Gegensatzpaar klug-dumm das Rückgrat der Handlung.
kelime	(arabisch) Wort, veraltet für söz, sözçük
Kemal Özer	türk. Dichter, hatte mehrere Literaturzeitschriften herausgegeben bzw. geleitet (1935-2009)
Küçük Iskender	Sohn Alexander des Großen, geboren nach dem Tod des Vater im Jahr 311 v.u.Z.

Latife Tekin	türk. Schriftstellerin (1957)
Mallarmé, Stéphane	franz. Schriftsteller des Symbolismus (1842-1895)
Maslak	Stadtteil in Istanbul
Melih abi	Melih Cevdet Anday, türk. Schriftsteller (1915-2002)
Memet Fuat	türk. Kritiker, Verleger und Publizist (1926-2002), Adoptivsohn Nazim Hikmets (1902-1963)
Milliyet Sanat	Literatur- und Kunstbeilage der Tageszeitung Milliyet
Mustafa Öneş	türk. Kritiker, Mitglied in zahlreichen Jurys.
Müzeyyen Senar	türk. Klassiksängerin (1919)
Nazım Hikmet (Ran)	international bekannter türkischer Dichter (1902-1963)
Nihavend	eine bestimmte Weise bzw. Gedichtsform in der klassischen türkischen (urspr. persischen) Musik.
Noruz	persisches Neujahrsfest
Ohrid	Ort in Makedonien
Oğuz Atay	türk. Schriftsteller (1934-1977)
Paşabahçe	türk. Firma, die Markenporzellan und Glaswaren herstellt.
rakı	Anisschnaps
Schahmeran	eine weibliche Figur aus uralten anatolischen Sagen.
simit	Salzgebäck mit Sesam
Somut	wörtl.: abstrakt, türk. Literaturzeitschrift
sözçük, söz	(türk.) Wort, neuer Ausdruck statt kelime
Tigris	Fluss in Südostanatolien
Ülkü Tamer	türk. Dichter, Übersetzer (1937)

Varlık — älteste, noch existierende literarische Zeitschrift der Türkei, gegründet 1933.

Vian, Boris — franz. Schriftsteller, Jazztrompeter, Schauspieler, Übersetzter (1920-1959)

Yazko Edebiyat — türk. Literaturzeitschrift, herausgegeben von der Schriftstellerkooperative.

Aussprache türkischer Zeichen

i	dumpf, etwa wie im "hm"
c	stimmhaft wie "giorno"
ç	stimmlos wie "deutsch"
ğ	zwischen hellen Vokalen wie "y", zwischen dunklen Vokalen nicht hörbar, verlängert den vorhergehenden Vokal.
j	wie "journal"
s	wie "groß"
ş	wie "schön"
y	wie "Jubiläum"
z	stimmhaft wie "Haus"

Noch mehr türkische Literatur finden Sie auf:

www.literaturca.de